방한림전

여자와 여자가 만나 부부의 연을 맺으니

22

방한림전

여자와 여자가 만나 부부의 연을 맺으니

전국국어교사모임 기획 · 이민희 글 · 김호랑 그림

Humanist

'국어시간에 고전읽기' 시리즈를 펴내며

고전을 읽어야 한다는 가르침은 어릴 때부터 귀가 따가울 만큼 들었다. 그러나 몸소 이를 따르는 사람은 흔치 않다. 종종 고전을 가까이하는 사람들이 있는데 이들은 대체로 삶을 헛되이 보내지 않고 훌륭한 일을 이루어 세상에 뚜렷한 이름을 남겼다. 고전 안에 그만큼 값진 속살이 들어 있기 때문이다.

고전이 이처럼 깊은 가치를 지녔는데 어째서 고전을 읽는 사람은 흔치 않을까? 아마도 고전이 사람을 쉽게 끌어당겨 주지 않기 때문일 것이다. 고전은 우리에게 섣불리 손짓을 하지도, 눈웃음을 치지도 않는다. 고전은 끈기를 가지고 파고들어 오는 사람에게만 마지못한 듯이 웃음을 지으며 속내를 털어놓는다. 고전은 요즘보다 훨씬 무뚝뚝하던 옛날에 이루어진 삶이며 글이기 때문이다.

그래서 우리는 청소년들이 고전을 즐겨 읽을 수 있도록 마음을 다했다. 뻣뻣하고 까칠한 고전을 달래서, 부드럽고 친절하게 청소년을 끌어당기도록 손을 쓰고 공을 들였다. 멋없이 무뚝뚝하던 고전을 정성껏 매만져서 두 팔을 활짝 벌리고 청소년들을 끌어안을 수 있도록 탈바꿈했다.

고전은 이제 온전히 겉모습을 바꾸어 청소년들을 맞이할 것이다. 자칫 속살까지 탈바꿈한 것처럼 보일지 몰라도 책을 읽다 보면 예스러운 고전의 맛과 멋을 한껏 느낄 수 있을 것이다. 우리는 무엇보다도 고전이 고전다운 속내와 뼈대를 온전하게 지니도록 하는 데 힘을 쏟았다.

고전은 시공간을 뛰어넘고, 나라와 겨레를 뛰어넘어 세상 모든 사람에게 큰 울림을 준다. 《시경》, 《탈무드》, 《오디세이아》, 셰익스피어와 괴테의 작품이 세상 모든 이에게 가르침을 주듯이, 우리의 고전도 모든 이에게 값진 가르침을 줄 것이다. 가르침이 서로 다르기는 하지만 높낮이가 있는 것은 아니다. 그러므로 세상 고전을 두루 읽어야 하는 것이나, 우리는 우리네 고전부터 읽는 것이 마땅한 차례다.

이런 뜻으로 전국국어교사모임에서 '국어시간에 고전읽기' 시리즈를 펴낸 지 십 년이 되었다. 누구나 두루 즐기며 읽을 수 있도록 쉽게 풀어 쓰고 맛깔나고 재미있는 작품으로 재창조하려고 무던히도 애썼다. 다행히도 많은 독자로부터 분에 넘치는 사랑을 받았고, 우리 고전을 가까이하고 즐기는 청소년들이 많이 늘어 고마울 따름이다.

지난 십 년처럼 묵묵하게 이 시리즈를 이어 갈 생각으로 첫 마음을 되새기며 글과 그림을 더하고 고쳐 좀 더 새로운 얼굴의 우리 고전을 세상에 다시 내놓으려 한다. 이 책을 통해 우리 청소년들이 풍성하고 가치 있는 고전의 바다에 풍덩 빠질 수 있기를 기대해 본다.

2012년 11월
전국국어교사모임

《방한림전》을 읽기 전에

"소설이 무엇인가요?"라고 묻는다면 이에 답하는 것은 쉽지 않습니다. 고려해야 하는 복합적인 자질이 많기 때문이지요. 그러나 "왜 소설을 읽어야 하나요?"라고 묻는다면 그 대답은 상대적으로 쉽습니다. 재미있으니까, 뭔가 생각할 수 있으니까. 소설은 다른 서사 작품보다 인생의 총체적 모습을 그럴듯하게 재현하면서 감동과 재미를 선사함과 동시에 독자로 하여금 나의 경우로 되비추어 생각하게 해 주는, 장점이 많은 장르입니다. 소설의 장점은 시대가 문제되지 않습니다. 고전 소설이든 현대 소설이든 소설은 다양한 시대상을 보여 줄수 있지만, 소설에서 문제시하는 인간 문제와 갈등의 내용은 본질적으로 크게 다르지 않기 때문이지요.

고전 소설을 읽는 까닭은 옛 시대를 배경으로 한 작품에서 오늘날 현대인들이 무엇을 배울 수 있는가를 발견하기 위해서입니다. 현대 사회는 복잡합니다. 사랑과 우정은 남녀 간에만 존재할까요? 남녀의 사랑 이야기가 아닌, 여자와 여자의 결혼 이야기, 아니 동성 간의 우정과 그것을 바라보는 사회의 편견은 오늘날에도 존재합니다. 이에 관한 이야기가 바로 《방한림전》입니다.

《방한림전》은 남자와 여자의 관계, 혼인과 사랑, 그리고 제도와 관습에의 순응과 저항에 관한 이야기입니다. 특히 여주인공이 평생토록 남장을 한 채 또 다른 여주인공과 혼인을 해 가정을 유지하면서 영웅적 삶을 살아간다는 특이한 제재의 작품입니다. 이렇듯 동성 간 혼인을 소재로 한 고전 소설은 《방한림전》이 유일합니다.

오늘날 우리가 《방한림전》을 읽어야 하는 이유가 무엇일까요? 《방한림전》을 읽다 보면 여러분은 다음과 같은 질문을 한 번쯤 던지게 될 것이고, 자연스럽게 그 나름의 답까지 생각하게 될 것입니다. 남자와 여자는 어떻게 다른가? 남자와 여자는 차별을 해야만 하는가? 남자와 여자는 결혼을 해야만 하는가? 남녀를 차별하는 사회에서 그것에 저항하는 방법이 있는가?

　　방관주와 영혜빙 두 여성의 일생을 읽어 나가면서 여러분도 한번 두 여주인공의 입장이 되어 보세요. 조선 시대에 여성들이 이런 삶을 살았다는 사실을 동정적으로 바라보거나 오늘날 나는 그렇지 않다는 사실에 안도하는 것으로 그칠 것이 아니라, 오늘날에도 여전히 두 여주인공처럼 현대 사회에서 일탈을 꿈꿀 만한 것이 무엇이 있는지, 만약 있다면 그 이유는 무엇이며 나는 그것을 어떻게 해결할 것인가를 생각해 보는 기회로 삼기 바랍니다.

2016년 5월
이민희

차례

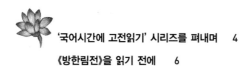

이야기 속 이야기

남들은 우리를

　　　부부로 여기나

마음으로
　　　　지기임을 알아보네.

남장의 길을 택하다

중국 명나라 무종 황제 때에 유하촌 마을에 방관주라는 서생이 살았다. 자는 문백이며 명나라 건국 초 일등 공신이었던 방효유의 후손이었다. 부친은 이전 황제 시절에 청렴하고 충성스런 관리였고, 모친 보씨는 현숙하고 아름다운 여인이었다. 부부에게는 오랫동안 자식이 없었으나 다행히 노년에 보씨 부인이 태몽을 꾸고는 옥으로 새긴 듯 꽃 같은 딸을 낳았으니, 그가 바로 방관주였다.

관주가 태어났을 때 방 안에는 찬란한 광채와 기이한 향내가 가득했다. 해와 달의 찬란한 기운을 받은 듯 몸 전체가 눈부시게 빛났고,

---

● **자(字)** 주로 남자가 성인이 되었을 때 실제 이름 대신으로 부르던 이름. 성인의 본명을 함부로 부르는 것을 꺼리는 습관에 따라 또래의 다른 사람이나 손윗사람의 이름을 부를 때 주로 사용했다.

가을 물처럼 맑고 깨끗한 눈빛은 황홀할 지경이었다. 나면서부터 기이
한 징조가 많았기에 관주는 부모의 사랑을 독차지했다. 부모 입장에
서는 관주가 아들이 아닌 것이 못내 아쉬웠다. 그러나 범상치 않은 아
이의 모습을 보며 기뻐하지 않을 수 없었다.

그 뒤로 이들 부부에게는 더 이상 자식이 없었다. 무남독녀 관주는 이미 서너 살 때부터 용모가 시원스러웠고 기상 또한 빼어났다. 영락 없는 사내아이였다. 몸은 날로 늠름해지고 얼굴색은 흰 연꽃처럼 곱고 하얗고, 가을 물처럼 맑고 투명한 눈빛은 나날이 뚜렷해졌다. 말을 하게 된 뒤로는 부모가 하나를 가르치면 열을 깨우쳤다. 이러니 부모가 사랑하지 않을 수 없었다.

하루는 부모가 붉은 비단옷과 색깔 있는 옷을 관주에게 입히려 했다. 그러나 관주는 천성이 소탈하고 검소하여 화려한 옷보다 오히려 삼베옷을 더 좋아했다. 모친은 딸의 소원대로 남자 옷을 지어 입히고, 아직은 나이가 어려 바느질이나 길쌈 등을 가르칠 필요가 없다고 생각했다. 대신 시 짓는 법과 글 쓰는 법을 가르쳐 보았다. 그랬더니 나이는 어리지만, 글 쓰고 시 짓는 능력이 남달랐다. 그녀의 실력이 날로 늘어 《시경》, 《서경》 등 온갖 책을 두루 섭렵했을뿐더러 글솜씨도 이백과 두보의 시문을 무시할 정도였다. 부모는 이런 딸의 재주와 외모가 보통이 아닌 줄 알고, 그녀가 싫어하는 것을 일부러 권하지 않았다. 그래서 여자 옷 대신 남자 옷을 입게 했고, 친척에게는 아들이라고 속였다.

---

* **시경(詩經)** 중국 춘추 시대의 민요를 모은 가장 오래된 시가집으로, 유학 5대 경서(經書) 중 하나다.
* **서경(書經)** 사서오경(四書五經)중 하나. 중국의 정치 관련 문서를 묶은 책으로, 《상서(尙書)》로도 불린다.
* **이백(李白)** 당나라의 시인이자 중국 최고의 시인으로, 시선(詩仙)으로 불린다.
* **두보(杜甫)** 중국 당나라의 시인으로, 이백과 쌍벽을 이루면서 시성(詩聖)으로 불린다. 특히 그의 한시 작품과 시풍은 한국에 많은 영향을 미쳤다.

그런데 관주가 여덟 살 되던 해에 불행히도 부모가 한꺼번에 세상을 떠나고 말았다. 갑자기 큰 상을 당한 어린 관주의 슬픔이야 이루 말할 수 없었다. 그러나 법도에 맞게 장례를 치르고 집안일을 잘 다스리며 삼년상을 치렀다. 그 뒤로 관주는 여자의 행실과 규범에 대해서는 뜻이 없었기 때문에 계속 남자 행세를 하며 하인들을 위엄으로 다스렸다. 그러니 친척조차도 관주가 여자인 줄은 꿈에도 알지 못했다.

그러던 어느 날 유모가 관주에게 말했다.

"이제 소저의 나이 아홉 살입니다. 규방의 여자는 열 살이 되면 문 밖을 나서지 않는다고 하였습니다. 그러니 이제라도 공자는 다시 생각하셔서 우스운 행동은 그만두시고, 여자로서의 행실을 따르는 것이 좋을 것입니다."

이에 관주는 발끈 화를 내며 말했다.

"내가 돌아가신 부모님의 뜻을 받들어 남자로 행세한 지 수 년이 지났고, 한 번도 옷을 바꿔 입은 적이 없는데, 어떻게 내가 결심한 것을 그만두고 돌아가신 부모님의 뜻을 저버릴 수 있단 말인가? 나는 기필코 입신양명하여 부모님의 후사를 빛낼 것이니 유모는 그런 이상한 말을 다신 입 밖에 내지 마시게."

유모는 아직 관주가 철이 없어 그러겠거니 싶어 더 이상 말하지 않았다. 다른 하인들도 관주의 위엄에 눌려 그 사실을 아무에게도 발설

● **소저(小姐)** '아가씨'의 한문투 호칭.
● **규방(閨房)** 여자들이 거처하던 방. '내당(內堂)' 또는 '안방' 등으로도 불렸다.

하지 못했다. 그 뒤로 관주는 책 읽는 데 더욱 몰두했다. 이백과 두보의 문장을 읽고 병서를 보며 무예도 익히고, 손무와 오기의 지략을 가슴에 새겨 두었다.

부모의 삼년상은 끝났지만, 부모에 대한 그리움은 여전히 관주의 마음 깊숙이 남아 있었다. 온갖 꽃이 활짝 핀 아름다운 경치를 보고 마음이 울적해진 관주는 집안일을 유모와 비복 등에게 맡기고 자신은 청려 한 필과 동자 몇 명을 데리고 인근 또는 먼 곳의 산천과 바다를 두루 돌아다녔다. 이렇게 대여섯 달을 두루 유람하다 보니 어느덧 단풍이 붉게 물든 가을도 지나고, 흰 눈 사이로 홍매화가 만발한 겨울도 지났다. 관주는 집을 떠난 지 1년 만에 다시 집으로 돌아왔다.

집에 돌아온 뒤로는 시 짓기와 글쓰기로 세월을 보냈다. 어느덧 또 한 해가 지나 봄이 되었다. 관주의 나이도 열두 살이 되었다. 꽃같이 고운 얼굴, 흰 치아와 붉은 입술, 그리고 맑은 두 눈은 매우 아름다웠다. 그러나 한편으로 위엄이 있고 매서워 여자의 부드러운 모습을 찾아볼 수 없었다. 글솜씨가 뛰어나 인근에 관주의 이름을 모르는 이가 없었다.

● **손무(孫武)** 《손자병법(孫子兵法)》의 저자. 사마천의 《사기》〈손무·오기 열전〉편에서 손무에 대해 자세히 다루었다.
● **오기(吳起)** 《오자병법(吳子兵法)》의 저자. 사마천의 《사기》〈손무·오기 열전〉편에서 오기에 대해 자세히 다루었다.
● **비복(婢僕)** 계집종과 사내종을 함께 일컫는 말.
● **청려(靑驢)** 털빛이 검푸른 당나귀.

방판주, 장원 급제하다

이 무렵 천자가 인재를 뽑기 위해 과거를 연다는 소문이 났다. 전국의 서생들이 시험을 보기 위해 서울로 모여들었다. 관주도 이 소식을 듣고 고민이 되었다.

'내가 비록 여자지만 지금까지 남자로 지내 왔는데, 이제 와서 세상 여자들처럼 남편 섬기는 일을 하며 평생을 지낼 수 있을까?'

이런 생각에 관주는 과거 보러 갈 채비를 했다. 그리고 유모에게 집 안일을 부탁하고는 사내종과 동자를 데리고 집을 나섰다.

시험장 근처에 임시로 머물 집을 정하고, 시험장에서 쓸 여러 도구를 챙겨 가지고 가 시험을 치렀다. 시험 시간이 너무 짧은 데다 시험 문제 또한 어려워 두보나 한유라도 능히 손을 놀리지 못할 정도였다. 그러나 관주는 이에 아랑곳하지 않고 오히려 이리저리 주위를 돌아볼

뿐, 답을 쓸 생각을 하지 않았다. 답안을 낼 시간이 거의 다 돼서야
비로소 산호 붓을 휘둘러 답을 쓰기 시작했는데 답을 적는 모습이, 마
치 붓 끝에 구름 그림자가 일어나 용과 봉황이 뛰어놀고 아홉 마리 용
이 서린 듯싶었다. 그런데 이렇게 쓴 답안을 함께 왔던 옆 선비에게 주
어 제출하게 하고는 정작 자신은 유유히 돌아다니며 다른 유생들의
시 짓는 모습을 구경했다. 유생들 중에는 소년도 있고, 백발이 성성한
노인도 있었다. 혹은 한 손을 짚고 읊조리는 자도 있고, 혹 먼저 지었
다며 으쓱해 하는 자도 보였다. 그런가 하면 초조해 하며 붓 끝을 입
에 물어 두 입술이 검게 물들거나 안색이 창백한 이도 있었다. 이를
지켜보던 관주는 한바탕 웃고 탄식하며 말했다.

"우리 나라에 참으로 인재가 적어 이렇듯 기이한 광경을 연출하니
안타깝도다."

답안을 모두 제출하자, 천자는 용상에 앉아 시험 감독관과 함께 답
안을 살펴보았다. 그러나 답안이 영 신통치 않아 얼굴에 근심이 가득
했다. 다만 마지막 답안 하나는 글씨가 수려하고 붓질이 정밀할뿐더러
아홉 마리 용과 두 마리 봉황이 서려 있는 듯했다. 말뜻이 깊고 넓으

한유(韓愈) 중국 당나라의 뛰어난 문장가이자 사상가. 한시문에 뛰어났으며 문체개혁을 시도하는 등 중국
뿐 아니라 한국 문인에게도 큰 영향을 미쳤다.
유생(儒生) 유교를 따르고 유학을 공부하는 선비. '유자(儒者)'라고도 한다.

며 기상 또한 맑고 높았다. 임금이 이를 보고 기뻐하여 여러 신하에게 말했다.

"이 글이야말로 시원하고 향기로운 게 감히 소동파나 이적선이라도 따라오지 못할 것이로다. 마땅히 이 글을 장원으로 삼겠노라."

이에 전두관이 금고를 세 번 치고 장원의 이름을 불렀다.

"장원은 화주 사람 방관주라. 나이는 열두 살이요, 그 아비는 유학이라."

모든 이가 놀라 얼굴빛이 변했다. 관주는 흰 도포를 휘날리며 앞으로 나가 계단에 이르러 몸을 굽혀 존경의 뜻을 표했다. 임금은 관주를 보고 크게 기뻐하여 어화청삼을 주고 술을 내렸다. 관주는 궁전 계단 앞에 나아가 네 번 절하며 황제의 은혜에 감사를 표했다. 이때 관주의 훤칠한 풍채와 법도 있는 행동은 마치 태을진군이 옥경에서 조회를 하는 것처럼 보였다.

황제가 관주에게 천동쌍계와 금안백마를 선물로 주고 한림 학사에 임명했다. 관주는 오사모를 쓰고 비단 도포를 입고 화동과 일산을 거느리고 대궐 문을 나섰다. 말을 탄 관주의 풍채가 매우 아름답고 찬란한 까닭에 이를 구경하려는 사람들이 구름같이 모여 길을 메웠다.

황제는 관주에게 논밭과 노복을 주었다. 그리고 장원각을 지어 주도록 명했다. 지방의 관리들이 집 짓는 데 필요한 벽돌과 기와, 모래 등의 자재를 모아 보통 때와 달리 정성을 다해 장원각을 지었다. 열흘도 안 되어 백여 칸의 기와집이 완성됐다. 옥으로 만든 난간과 붉은빛이 감도는 난간에 긴 담이 둘러쳐 있고, 붉은 처마는 허공에 걸린 듯 솟

아 있었다. 집을 본 관주는 기쁨을 주체할 수 없었다.

방 한림은 직무를 수행할 때 청렴강직하기로 소문이 났다. 한나라 때 유명한 관리 급암이나 당나라 때의 위징이 직언을 서슴지 않았던 것보다 더했다. 그러나 방 한림은 한편으로 자신의 벼슬 생활과 부귀영화를 부모가 보지 못하는 것이 안타까워 남몰래 눈물을 흘렸다. 결국 몇 달의 말미를 얻어 고향에 내려가 부모의 산소를 찾아 성묘를 하

- 소동파(蘇東坡) 중국 송나라의 유명한 시인이자 학자인 소식(蘇軾). 동파는 소식의 호이다. 아버지 소순(蘇洵), 동생 소철(蘇轍)과 함께 '3소(三蘇)'라고 일컬어지며, 국내 문인들에게 큰 영향을 미쳤다.
- 이적선(李謫仙) 이태백을 일컫는 말. 적선은 '귀양 온 신선'이라는 뜻으로, 이태백의 별명이다.
- 전두관(殿頭官) 궁궐에서 임금의 명을 전하는 일을 맡은 내시관(內侍官).
- 금고(金鼓) 사람을 모을 때 치는 종.
- 화주(華州) 중국 섬서성 화현(華縣) 지역.
- 유학(幼學) 벼슬하지 않은 유생.
- 어화청삼(御花青衫) 임금이 과거에 합격한 이들에게 하사하던 종이꽃과 국가 행사 때 신하들이 입던 남색의 웃옷.
- 태을진군(太乙眞君) 도교의 신선으로 천신(天神) 중에서도 가장 존귀한 신선을 일컫는다.
- 옥경(玉京) 다른 말로 백옥경(白玉京). 옥황상제가 사는 천상 세계에서의 중심지를 말한다.
- 천동쌍개(天童雙蓋) 임금이 하사한 동자와 두 개의 일산.
- 금안백마(金鞍白馬) 금으로 장식한 안장과 흰 말.
- 한림 학사(翰林學士) 임금의 조서(詔書)를 짓는 일을 맡던 한림원(翰林院)에서 근무하던 관리를 일컫는 벼슬명. 소설에서 흔히 장원 급제한 주인공이 하사받는 벼슬로 자주 등장한다. '한림'은 문필이 성하여 문장가가 숲을 이룰 정도라는 뜻.
- 오사모(烏紗帽) 검은 실로 만든 모자로, 관복을 입을 때 썼다. 일반적으로 이를 줄여 사모(紗帽)라고 한다.
- 노복(奴僕) 사내 종.
- 장원각(壯元閣) 장원 급제한 신하가 머물러 살 수 있도록 지은 집.
- 급암(汲黯) 한무제 때 직언을 잘하기로 유명했던 신하.
- 위징(魏徵) 중국 당나라 초기의 학자이자 정치가. 태종 시절에 직언을 서슴지 않았던 충신으로 유명하다.

고 가묘를 모셔 왔다. 이때 유모만 데려오고, 그 나머지는 고향을 지
키게 했다. 방 한림은 가묘를 넓은 당에 봉안하고, 유모에게 잘 대해
주었다. 유모는 방 소저가 이렇게 행동하는 것이 영 마음에 걸렸지만,
감히 말을 꺼내지도 못하고 노심초사하며 지낼 뿐이었다. 그러나 방관
주가 큰 영화를 누리게 된 것을 유모만큼 기뻐한 사람도 없었다.

  조정의 높은 관리들도 방 한림의 옥 같은 외모와 풍채뿐 아니라 젊
은 나이에 과거에 급제한 것을 무척이나 부러워했다. 그래서 혼인을
청하는 이들이 구름 떼처럼 모여들었다. 그러나 방 한림은 이것 자체
가 민망하기도 하고 우습게 여겨졌다. 그래서 이 모두를 거절했다.

---

* **가묘(家廟)** 조선 시대에 사대부가와 일반 민가에서 조상의 신주를 모셔 놓고 제사 지내던 집안의 사당.
* **봉안(奉安)** 평안히 받들어 모신다는 뜻으로, 흔히 죽은 사람의 신주나 그림 등을 사당 등에 받들어 모시는
  것을 말한다.

남자 옷을 입고 세상을 속이다

방관주는 어린 시절부터 남장을 하고, 커서도 남장을 한 채 남성보다 더 뛰어난 영웅적
역할을 감당합니다. 근대 이전 남성 중심 사회에서는 아무리 여성의 능력이 뛰어나도
영웅이 될 수 있는 기회가 원천적으로 봉쇄되어 있었습니다. 따라서 《방한림전》에서
방관주가 영웅적 활약을 펼치기 위한 최소한의 사회적 조건은 '남성 되기'였습니다.
여성 영웅 소설이라 부를 만한 고전 소설 작품에서 여성 주인공이 자신의 욕망을
실현하게 해 주는 소설적 장치로 가장 많이 등장하는 것이 남장 모티프인 이유도 바로
이 때문입니다.

남장으로 남성의 조건을 갖추고 남성의 역할을 하다

남녀 차별이 절대적이던 사회에서 남장 여성과 그 여성이 지닌 의식 자체야 높게 평가할
만하고 가치를 부여할 수 있지만, 이것 못지않게 간과해서는 안 될 것이 바로 남장 여성
에 대한 세상의 시각입니다. 여성의 남장을 당시 사회가 어떻게 받아들였는가를 이해하

는 것이 남장한 여성이 주인공인 소설을 감상하는 중요 포인트가 됩니다. 남장 여성에 대한 기록은 중국 고대 설화집 《수신기(搜神記)》에서 가장 먼저 보입니다.

경방(京房)의 《서전(書傳)》에 이르기를, "여자가 변하여 장부가 되는 것은 음(陰)이 창성한 것이고, 천인(賤人)이 왕이 되는 것이다. 장부가 변하여 여자가 되는 것은 음이 양(陽)을 이긴 것이니, 화를 입고 죽게 될 것이다."라고 하였다. 《한서(漢書)》에 이르기를, "남자가 변하여 여자가 된다는 것은 궁형(宮刑)이 넘쳐나는 것이요, 여자가 변하여 남자가 된다는 것은 부녀자가 정치를 행하는 것이다."라고 하였다.

여기에서의 전제는, 기본적으로 남성은 양이고 여성은 음이며, 남성은 바깥 활동을 하고 여성은 집 안에 있어야 한다는 것입니다. 그렇기 때문에 이것이 뒤바뀔 경우 화를 입어 죽거나 궁형의 형벌을 받게 된다고 한 것이지요. 수천 년 전 기록에도 보이듯이, 성전환은 차치하고라도 여성이 남성으로 위장하는 일이 일찍부터 있어 왔음을 짐작할 수 있습니다.

이야기 속에 나오는 남장 여성, 그리고 효

남장 여성에 관한 이야기는 고전 소설 이전에도
여러 형태로 존재해 왔습니다. 널리 알려진 애니메이션
〈뮬란〉은 원래 중국의 〈목란사(木蘭辭)〉라는 노래에서 출발한 것
이지요. 목란은 징집 명령을 받은 아버지 대신 전쟁터에 나가 싸
우기 위해 남장을 한 것입니다. 국내 서사 무가인 〈바리데기〉
를 보더라도 여주인공 바리데기가 부모의 병을 고칠 수 있
는 약수(藥水)를 구하기 위해 남장을 한 채 저승으로 여행을
떠납니다. 목란이나 바리데기는 남성에게만 허용된 병사 노
릇을 하기 위해, 그리고 여행을 떠나기 위해 어쩔 수 없이 남장
을 한 것입니다. 부모에 대한 효심 때문에 남장 여성으
로서의 사회적 역할을 수행한 것이지요. 이것은 기
본적으로 여성이 바깥 활동을 하는 것을 부정적
으로 바라보고 금기시했기 때문에 어쩔 수 없
이 이루어진 행동이었습니다. 목란과 바
리데기의 남장 활동을 바라보는 기본 시각은 긍정적입니다.
그 목적이 '효(孝)'처럼 당대 이데올로기를 구현하는 데 있
었기 때문이지요. 고전 소설에는 환약을 먹고 여성이 남
성으로 변하는 이야기도 종종 등장하지만, 남장한 여
성 이야기가 훨씬 더 많습니다. 또한 남장 여성의 다

양한 활동이 서사 전개의 중요한 장치로 활용되고 있지
요. 소설에서 여주인공은 아버지의 복수를 위해, 가족
과 이별하고 떠돌아다닐 때 위험을 면하기 위해 남장
을 합니다. 《창선감의록》에서는 부친을 구하고 강제 결
혼을 피하기 위해, 《이춘풍전》에서는 한심한 남편을 구하
기 위해 아내가 남장을 하지요.

남편 춘풍이
버릇을 고쳐
놔야지!

여성 영웅 소설에서 남장 여성의 삶과 그 의미

남장 여성의 이야기가 흔히 효를 위한 목적을 보이는 것과
달리, 《방한림전》을 비롯한 《옥주호연》, 《이학사전》 등의 작품
에서는 남성처럼 입신양명을 이루고 남성 중심 사회의 일원
이 되고자 남장을 합니다. 충·효·열로 대표되는 유교 이념
을 실현하기 위한 맹목적 행동이 아니라, 다분히 개인의
성취 욕구에 기인한 구체적 행동이라는 점에서 이 세
작품은 다른 일반 여성 영웅 소설과 구별됩니다. 이 여주
인공들의 공통점은 당대 윤리에 맞게 여자답게 사는 것
이 아니라 오히려 당대의 남자처럼 살아야겠다는 의식
을 가진다는 점입니다. 여기서 여주인공은 어려서부터
남성적 자질을 지니고 있다는 점을 부각시킵니다.
바느질보다는 글 짓고 책 읽는 일에 관심이 많고
그 능력까지 뛰어나다는 설정으로 남장을 나름
합리화하지요. 이 세 작품의 여주인공이 남장을
시도하는 것은 당대 여성에게 요구된 전통적인 성역할
을 거부하려는 의식의 표출입니다. 그것은 일종의 일탈이며
모험의 감행입니다. 이때 이들이 벗어나고자 하는 여성의 삶은
남성에 비해 활동의 폭이 좁고 사회적 역할이 크지 않을 뿐 아니라, 불공평하기 때문이
지요. 부당한 현실을 운명으로 받아들이지 않고 스스로 개척하려는 의지의 표명이 남
장의 형태로 나타난 것입니다.

여자로 태어난 것이 죄입니다

이 무렵 병부 상서 겸 태학사 서평후인 영의정이라는 이가 있었다. 사람이 공손하고 어질 뿐 아니라 사리에 밝고 정대한 인물이었다. 나라에 대한 충성심이 대단해 천자를 바른 태도로 보필했다. 더욱이 그에게는 어진 부인이 있었다. 사납거나 투기심이 없었을 뿐 아니라, 분수에 어긋난 행동을 하지 않는 현숙한 여인이었다.

이들 부부의 금슬이 좋아 슬하에 모두 7남 5녀를 낳았는데, 모두 재주가 뛰어났을 뿐 아니라 순숙의 여덟 아들처럼 덕이 높아 사람들의 칭송이 자자했다. 아들들은 용의 비늘을 끌어 잡고 봉황의 날개에 붙을 만한 체격을 지녔다. 또한 딸들은 요조숙녀로서 가히 군자의 좋은 짝이 될 만했다. 그러니 부모가 이들을 애지중지하며 예쁘게 여겨 사위와 며느리를 고르는 데 심혈을 기울인 까닭에 위로 7남 4녀는 모두 혼인을 했다.

아직 혼인을 하지 않은 이는 막내딸 혜빙뿐이었다. 혜빙은 자가 묘주고, 열세 살이었다. 혜빙의 용모와 재질은 형제 중에서도 으뜸이었다. 용모로 말하자면, 한가위 보름달이 은하수에 비친 듯, 흰 연꽃 같은 귀밑과 희고 고운 두 뺨은 마치 흐릿한 복숭아꽃과 같았다. 아름다운 입술은 마치 붉은 연지를 바른 듯했고, 밤하늘의 가장 밝은 별 같은 눈동자와 가벼운 두 팔은 마치 날아가는 봉황이 구름 낀 산을 향하는 듯했다. 거기에다 가느다란 허리는 아름다운 비단을 두른 듯했다. 그뿐 아니라, 기질은 가을 달과 같았으며 성품과 천성은 동쪽에 뜬 보름달과 같았다. 그녀는 쇳돌이나 얼음 같은 곧은 마음을 지녔기에 속세에 대해 별 관심이 없었고 이에 얽매이는 일도 없었다. 더욱이 그녀는 세상에서 흔히 추구하는 부부의 영예와 치욕을 원수같이 여겼다. 평소 이를 싫어하여 그녀는 이렇게 말하곤 했다.

"여자는 죄인이야. 애당초 어떤 일이든 자기 마음대로 할 수 없고 남

- **병부 상서(兵部尙書)** 병부의 책임자로, 오늘날 국방부 장관에 해당한다.
- **태학사(太學士)** 교육 및 문서 관리 등의 업무를 관장하던 부서의 우두머리.
- **서평후(西平侯)** 흔히 공이 많은 신하에게 내리던 명예직 벼슬명의 일종.
- **순숙의~아들** 원문은 '순가팔용(筍家八龍)'. 중국 후한 때 순숙의 여덟 아들이 모두 덕업이 뛰어난 것을 당시 사람들이 이렇게 불렀다. 그 뒤로 순숙은 덕성이 뛰어난 자식들이 많음을 나타내는 인물로 흔히 거론된다.
- **용의~붙을** 원문은 '반용인부봉익(攀龍鱗附鳳翼)'. 뛰어난 주인이나 성인을 스승으로 삼아 자신의 뜻을 이룬다는 의미를 나타낼 때 흔히 사용된다.
- **요조숙녀로서~짝** 《시경》에 나오는 '요조숙녀 군자호구(窈窕淑女君子好逑)'를 풀어 놓은 것으로, '어여쁘고 고운 여자는 군자의 좋은 짝'이라는 의미의 노래를 인용한 것이다.

의 규제를 받을 수밖에 없는 운명이야. 그러니 남아가 못 된다면 차라리 부부간의 인연을 끊는 것이 옳아."

그러면서 언니들의 생각을 구차하다 여겨 비웃었다. 이럴 때마다 형제들은 그녀가 당돌하다고 놀리고, 이를 지켜보는 부모는 그녀의 생각을 특이하다고 여길 뿐이었다.

조선에서 여성으로 산다는 것

사람은 누구나 이 세상에 태어난 것을 축하받을 자격이 있습니다. 피부색으로도, 국적으로도, 성별로도 차별을 받아서는 안 됩니다. 그러나 현실이 그렇지 못할 경우에 갈등이 발생하지요. 조선 시대에 여성으로 태어나 살아간다는 것은 남성 중심 사회의 부대낄 수밖에 없는 갈등 구조를 자신의 운명으로 받아들일지, 아니면 소극적 적극성이라도 드러낼지 끊임없이 선택해야 함을 의미했습니다.

여성이 머물 곳은 집밖에 없어라……

조선 시대에 유교적 이념이 공고해짐에 따라 여성관은 가부장제 사회를 강화하는 방향으로 고착화되었습니다. 남성이 지배와 강함의 주체가 되고, 여성은 복종과 유순함의 대상이 되었지요. '내외법(內外法)'의 존재가 이를 제도화했습니다. 즉 여성의 활동 공간을 '안'으로만 국한 지음으로써 교육, 정치, 종교 등 여러 사회적 활동에서 여성을 철저히 배제한 것입니다. 《조선왕조실록》을 보더라도 여성들의 일상생활을 규제해야 한다는 상소가 유독 많았음을 알 수 있습니다. 조선 초기에 마련된, 오늘날 헌법에 비견될 만한 《경국대전》에는 "양반집의 여인이 산천을 다니며 놀이를 벌이거나 야외에서 제사를 직접 지내는 경우 곤장 100대에 처한다."라고 규정하기까지 했습니다.

이 때문에 조선의 여인들은 가사와 육아 같은 집안 일밖에 할 수 없었습니다. 여성이 지은 문학작품은 '규방(閨房)' 또는 '내방(內房)'이라는 단서를 달아 '규방문학', '내방가사' 등으로 불렸지요.

삼종지도와 열녀 되기

조선 시대 여성들은 정절 이데올로기에 갇혀 살아야만 했습니다. 여자가 따라야 할 세 가지 도리를 뜻하는 '삼종지도(三從之道)'가 대표적인 예입니다. 즉 어려서는 부모에게 순종하고, 시집가서는 남편에게 순종하며, 남편이 죽은 뒤에는 아들을 따라야 하는 것을 미덕으로 장려했습니다. 이 중 남편에게 순종한다는 의미에서 여성의 정절을 장려하고, 재가를 금지했습니다. 특히 성종 대에는 '재가금지법'을 만들어 재가한 여인의 자식은 과거에 응시조차 할 수 없게 했습니다. 과거 시험을 아예 볼 수 없다는 것은 가문의 존립에 위협이 되기 때문에 양반 집안에서 재가는 있을 수 없는 일이었지요. 그렇다 보니 수절을 당연시했고, 조선 후기에는 남편을 따라 죽는 '열녀'가 자의 반, 타의 반으로 나타나기도 했습니다.

조선 후기에 유교적 성차별이 고착화되다

갑갑한 조선 여성의 삶은 조선 후기에 더욱 굳어졌습니다. 임진왜란과 병자호란 같은 커다란 전란을 연이어 겪은 양반 가문에서는 사회 질서를 바로잡고 가문을 다시 일으켜 세우기 위해 부계 중심의 가족 제도를 강화해 나가고, 적자와 장자를 중시하는 '종법제(宗法制)'를 공고히 했습니다. 조선 전기와 달리 결혼한 여성을 출가외인으로 보고, 아들과 딸에 대한 상속이 차등적으로 바뀌고, 재산 상속과 제사를 장자 중심으로 바꾼 것이지요. 이렇듯 갈수록 유교적 성차별이 고착되는 상황에서 여성들의 욕망 표출은 현실에서는 불가능했기에 문학 작품을 통해서라도 대리 만족을 하거나 망각의 기쁨을 누리고자 했습니다. 방관주와 영혜빙이 여성에게 원천적인 제약을 가하는 가부장제 이데올로기 '여도(女道)'를 거부하고, 남장을 통해 사회적 관습과 편견을 뛰어넘는 현실적 방안을 모색하는 것은 조선 시대 일반 여성의 삶을 고려한다면 그것이 얼마나 파격적이었는지 가늠해 볼 수 있습니다.

방판주와 영혜빙, 지기로 만나 부부가 되다

그 무렵 서평후 영의정이 방 한림을 매우 좋게 여긴 나머지 그에게 정성을 다해 구혼했다. 방 한림은 무척 곤욕스러울 수밖에 없었다. 그러나 남자 행세를 하면서 한평생을 살고자 할 때 아내와 자식을 두지 않으면 주위 사람들이 그녀를 의심할 것은 뻔한 이치였다. 그러니 차라리 아름다운 숙녀를 얻어 평생의 지기로 삼는 것이 더 낫겠다고 생각했다. 그러나 사람들을 속여 인륜을 끊는 것이 현실적으로 너무 어렵고, 또 어리석은 사람이라도 만나면 자신의 정체가 드러날 것은 불을 보듯 뻔했다.

이에 천 번이고 만 번이고 거듭 생각해 보았지만, 달리 뾰족한 수가 없었다. 그래서 이렇게 말하며 사양했다.

"소생이 아직 나이가 어린 까닭에 아내를 얻는 일이 급하지 않습니다. 제 평생 소원은 비록 종리춘처럼 추녀일지라도 진중하고 부덕 있는 여자를 얻는 것입니다. 비록 서시처럼 아름다운 여자일지라도 마음이 가볍고 경박한 여자는 결코 원하지 않습니다. 그러니, 당돌하다 여기시겠지만, 대인의 따님이 착한지 나쁜지 알 수 없기 때문에, 감히 허락하지 못하겠습니다."

서평후가 이 말을 듣고 속으로 생각한 바가 있어 씩 웃으며 말했다.

"요조숙녀는 군자호구요, 관관저구는 재하지주라 하지 않았소. 늙은이가 자식을 칭찬하는 것이 우스운 일이지만, 지금 그대의 풍모가 군자와 같고 내 딸의 풍모는 숙녀와 같이 보여 이처럼 말한 것이오. 그러니 그대는 이상히 여기지 말고, 내일 우리 집에 와 이 늙은이와 함께 매화나무 아래에서 좋은 술을 맛봄이 어떻겠소?"

방 한림은 영의정이 이렇게 말하는 의도를 짐작하고는 속으로 웃으며 대답했다.

"알겠습니다. 그럼 말씀대로 하겠습니다."

- **지기(知己)** 지기지우(知己知友)의 준말. 마음이 서로 통하는 친한 벗이라는 뜻으로 자주 사용된다.
- **종리춘(鍾離春)** 중국 전국 시대 제나라의 추한 여자로, 마흔 살이 되도록 시집을 가지 못했는데 자청해 제나라의 선왕(宣王)을 만나 제나라가 위기에 빠진 네 가지 점을 자세히 지적하자, 선왕이 감동하여 종리춘을 왕후로 삼았다.
- **서시(西施)** 한나라 원제(元帝) 때의 궁녀 왕소군(王昭君), 삼국 시대의 초선(貂蟬), 당나라 시대의 양귀비(楊貴妃)와 함께 중국 4대 미인으로 지칭되는 인물로, 본명은 시이광(施夷光)이다.
- **대인(大人)** 윗사람을 높여 이르는 말.
- **요조숙녀는~재하지주** 《시경》의 〈주남(周南)〉 편 '관저(關雎)' 조에 있는 유명한 구절이다. 원문에는 '관관저구 재하지주(關關雎鳩 在河之洲)'가 '요조숙녀 군자호구(窈窕淑女 君子好逑)'보다 앞에 있다. '끼룩끼룩 우는 물수리 새가 강가 모래톱에 있네. 어질고 어여쁜 여자는 군자의 좋은 짝이로다.'라는 뜻이다.

다음 날 방 한림이 수레를 타고 서평후의 집에 도착했다. 서평후가 크게 기뻐하여 고마운 마음을 드러내며 그를 맞이했다.

"어제 무례히 그대를 청했었는데, 이렇게 자리를 빛내기 위해 와 주시니 얼마나 기쁘고 다행스러운지 모르겠소."

이에 방 한림이 공손히 대답했다.

"제가 어찌 영공의 말씀을 기쁘게 받아들이지 않겠습니까?"

서평후는 좋은 술과 맛있는 안주를 내오라 하고는 두어 번 술잔을 돌려 술을 마셨다. 그러고는 수염을 어루만지고 웃으며 말했다.

"어제 그대를 내 집으로 찾아오라고 말한 이유는 다른 것이 아니라오. 그대가 여자의 선악을 알지 못해 의심하는 상태에서는 혼인을 승낙할 수 없다고 하기에 직접 한번 그대에게 내 딸을 보여 주어 의심을 풀고자 한 것이니, 너무 기분 나빠 하지 마시오."

말을 마친 뒤 서평후는 영 소저를 방으로 들라 명했다. 그러자 영 소저가 아버지의 명을 듣고 방으로 들어왔다. 영 소저는 어떤 젊은 선비가 그 자리에 앉아 있는 것을 보고는 속으로 놀랐다. 그러나 밝은 눈을 숙이고는 단정히 자리에 앉았다. 이때 영 소저의 모습은 그야말로 요조숙녀 그 자체였다.

방 한림은 그녀를 한번 보고는 태도와 거동에 꾸밈이 없는 것을 알아차렸다. 자신도 모르게 기쁜 마음이 들어 속으로 경탄하며 혼잣말로 말하기를, "저렇듯 예쁘고 재기 있는 여자는 이 세상에서 다시는 보기 어렵겠는걸." 했다. 다만 한림은 이 숙녀가 자기에게 올 경우, 인륜이 끊기고 일생도 끝날 수 있다고 생각하니 그녀가 너무 불쌍하고 가엾게 느껴졌다.

이때 공이 말했다.

"그대가 내 딸아이를 보았는데, 그래 어떻소?"

방 한림이 몸을 굽혀 대답했다.

"따님은 진실로 요조숙녀입니다. 소생이 복이 없어질까 오히려 걱정할 따름입니다. 어찌 감히 사양할 수 있겠습니까?"

영의정이 이 말을 듣고 매우 기뻐하여 말마다 칭찬하고 감사의 마음을 나타냈다. 영의정이 보기에도 방 한림과 딸은 서로 아주 잘 어울리는 배필이었다. 한림이 연꽃 같다면 딸은 붉은 연꽃 같았고, 한림이 맑은 물 같다면 딸은 어여쁜 것이 마치 해와 달 한 쌍이 높이 솟은 것 같았다.

영공이 매우 기뻐하며 딸을 내보낸 뒤 한림과 함께 하루 종일 즐기다가 헤어졌다.

방 한림이 집에 돌아와 영씨 집안과의 혼사 문제를 유모에게 말했다. 그러자 유모의 낯빛이 변하면서 이렇게 말했다.

"그것은 옳지 않습니다. 낭군의 혼사는 옥 같은 군자에게 있지, 어찌 규수에게 있겠습니까? 이처럼 말도 안 되는 행동을 하셨다가 나중에 어떤 낭패를 보려 하십니까?"

그러자 한림이 웃으며 말했다.

"내가 특별히 생각하는 바가 있으니 유모는 아무쪼록 이 일을 입 밖에 내지 말고, 혼례 준비나 철저히 해 주오. 주위에 보는 눈이 많은데, 유모의 말로 인해 내가 결심한 굳은 마음과 일생을 망치는, 그런 불상사가 없도록 철저히 주의해 주구려."

그 뒤 영씨 집안에서 혼례일을 택해 소식을 전해 왔다. 그 혼례일이 불과 열흘밖에 남지 않았다.

한편 아버지의 명으로 방 한림을 본 영혜빙은 어떠했을까? 본래 영혜빙은 매우 총명한 여자였다. 또한 보통 사람보다 뛰어난 재주가 많았다. 특히 목소리만 듣고도 상대방이 어떤 사람인지 분별할 줄 아는 재주가 있었다. 그런 그녀가 직접 방 한림의 얼굴을 보았으니, 한림이 여자인 줄 알아차리는 것은 그리 어려운 일이 아니었다. 한림의 말소리가 낭랑했지만 가늘고 나직한 것이 이상하게 여기지 않을 수 없었다. 그녀가 물러 나와 내당에 돌아와 조용히 생각에 잠겼다.

'예로부터 남자 중에 참으로 고운 이도 있다고는 하나, 여자와는 차이가 있는 법. 어찌 이런 남자가 있을까? 부드럽고 시원스러우면서도 이슬 맞은 꽃송이처럼 끝없이 무르녹는 듯한 그의 태도를 보니 너무나 멋진걸. 이는 분명 어려서 남복을 했다가 부모를 일찍 잃은 뒤 여자의 도리를 배울 기회가 없어 이렇게 된 것일 거야. 참으로 우스운 일이 아닐 수 없네.

그렇지만 방씨의 얼굴이 시원스럽고 행동거지도 단엄한 게 이 세상의 기남자인 양 그럴듯하게 보이는걸. 이런 영웅 같은 여자를 만나 일생의 지기가 되는 것이 내 평생의 소원이었는데, 그런 지기와 부부의 의리를 맺어 한평생을 보낸다면 어떨까?

나는 남자의 사랑을 받는 아내가 되어 남편의 간섭을 받으면서 눈썹이나 그려 교태를 부리거나 아첨하는 일 따위나 하며 지내는 것은 정말 싫어. 금슬우지와 종고지락은 내가 원하는 것이 아니었는데, 이런 일이 생기다니, 이것이 과연 우연이라 할 수 있을까? 이는 필시 하늘이 나를 위해 준비해 놓은 것임이 틀림없어. 남자를 내조하는 일만 하는 것보다는 이것이 낫지 않을까?'

평소에 이런 생각을 굳게 하고 있던 터에 생각이 이에 미치자, 세상의 일이 모두 뜬구름같이 여겨졌다. 이런 생각을 단단히 먹는 것 자체가 정상은 아니었다. 그러나 옛날에 도원결의하던 일이나 유백아와 종자기의 지음이 있었다면, 지금 이 두 사람의 관계도 바로 그것과 별반 다르지 않을 것이다.

흰 망아지가 문틈을 순식간에 지나는 것같이 세월이 빨리 흘러 어느덧 혼인날이 되었다. 두 집안에서 혼례 때 사용할 물건들을 성대히 준비해 채례를 보내고 친영을 했다. 방 한림이 옥 같은 외모와 빛나는 풍채로 예복을 입고 행렬을 거느려 신부 집으로 향했다. 향기로운 바람이 좋은 날을 마냥 축하해 주는 듯했다. 백마에 금으로 만든 안장을 얹고 그 위에 올라탄 뒤 호위를 받으며 걸어가는 방 한림의 모습을 본 자들은 모두 신랑이 하늘에서 내려온 사람이라며 감탄해 마지않았다.

영의정 집에 이르러 상 위에 기러기를 놓고 절을 했다. 그런 뒤 신부

---

* **기남자(奇男子)** 재주와 슬기가 뛰어난 남자.
* **금슬우지(琴瑟友之)** '정숙하고 착한 여자를 거문고와 비파로 친구 삼는다.'라는 뜻으로, 《시경》에 나오는 말.
* **종고지락(鐘鼓之樂)** '종과 북을 쳐 즐겁게 한다.'라는 뜻으로, 남편이 아내를 즐겁게 하기 위해 이러한 타악기를 친 것을 말한다. 《시경》에 나오는 말.
* **도원결의(桃園結義)** '복숭아밭에서 결의를 맺는다.'라는 뜻으로, 흔히 뜻이 맞는 사람끼리 한 목적을 위해 행동을 같이할 것을 약속한다는 뜻으로 쓰인다. 나관중(羅貫中)의 《삼국지연의(三國志演義)》에 나오는 말.
* **유백아와~지음** 마음이 서로 통하는 친한 벗을 비유적으로 이르는 말. 거문고의 명인 유백아가 자기의 소리를 잘 이해해 준 벗 종자기가 죽자 자신의 거문고 소리를 아는 자가 없다고 하여 거문고 줄을 끊었다는 데서 유래한다.
* **흰~것같이** 사자성어 '백구과극(白駒過隙)'을 풀어 쓴 것으로, 세월이 빨리 지나감을 뜻한다.
* **채례(采禮)** 다른 말로 납폐(納幣). 혼인할 때에 사주단자를 주고받은 뒤 정혼이 이루어진 증거로 신랑 집에서 신부 집으로 보내는 예물.
* **친영(親迎)** 신랑이 신부 집에 가서 혼례를 치르고 신부를 맞아 오는 예.

가 가마에 오르기를 기다렸다. 서평후가 종이를 꺼내 신부에게 옷 입기를 재촉하는 최장시를 지으라 하니, 한림이 미소를 머금고는 산호 붓에 먹을 묻혀 종이를 펴고 구슬을 흩뜨려 단번에 써 내려갔다. 그러고는 이것을 서평후에게 전하며 말하기를, "소자가 재주가 둔해 악장의 높은 식견을 욕되게 하는 게 아닌지 모르겠습니다."라고 했다.

서평후가 시를 받아서 읽어 보니, 시구가 기가 막힌 것이 마치 바람이 되었다가 비가 되었다 하는 듯했다. 웃음이 만발한 가운데 손님들의 칭찬 역시 자자했다. 서평후는 기쁘고 즐거운 마음에, 왼손으로는 술잔을 받고 오른손으로는 술잔을 건네느라 정신이 없었다.

드디어 아름답게 치장한 신부가 채색을 한 가마에 올라탔다. 칠보로 된 발을 치고 방 한림이 순금으로 만든 자물쇠를 들어 가마 문을 잠갔다. 행렬을 거느리고 집에 도착한 방 한림은 신부와 서로 맞절을 한 뒤 화촉 아래에서 자하상을 나누었다. 이때 칠보로 만든 부채를 반쯤 내리고 신랑이 눈을 들어 신부를 슬쩍 쳐다보니, 아리따운 광채가 사방의 벽에 빛나는 것이 마치 처음 보는 사람 같았다.

- 최장시(催裝詩) 혼례를 마친 신부가 옷을 갈아입을 때, 한시도 기다리기 어렵다는 의미에서 신부의 옷단장을 재촉하며 짓던 한시. 이 한시를 즉흥적으로 지어 하객들을 기쁘게 할 뿐 아니라, 신랑의 한시 능력을 과시하는 수단으로 삼기도 했다.
- 악장(岳丈) 장인을 높여 이르는 말.
- 칠보(七寶) 일곱 가지 보석. 또는 금, 은, 구리 등 금속 바탕에 여러 유리질의 유약을 녹여 붙여 꽃, 새, 인물 따위의 무늬를 만드는 공예나 그 공예품.
- 화촉(華燭) 혼인식처럼 경사스런 날에 사용하던 화려한 붉은색 양초.
- 자하상(紫霞觴) 신선들이 사용한다는 술잔. 여기서는 혼례를 거행할 때 사용하는 술잔을 뜻한다.

저녁이 되어 방 한림과 영혜빙이 신방에 들어갔다. 방 한림은 수려한 눈썹 사이로 근심하는 기력이 보이는 반면, 영 소저는 그가 여자인 것을 알고 있기에 속으로 은근히 기뻐했다. 신랑과 신부가 서로 마주 앉아 오랫동안 아무 말 없이 있다가 한림이 먼저 손을 들어 예의를 갖추며 말했다.

"내가 천박하고 재주 없는 남자인데, 장인께서 나를 잘 봐 주셔서 이렇듯 소저와 마주하게 되었으니 실로 다행이 아닐 수 없소. 우리 서로 지기가 되기를 바라오."

이에 영 소저가 용모를 바르게 하고 옷깃을 여미며 말했다.

"부족한 첩이 규방에만 있었기에 보고 들은 것이 없고 융통성도 없습니다. 다만 쓸모없고 비루한 재주 몇 가지로 겨우 목숨을 지탱하다가 외람되게도 낭군과 부부의 도를 이룰 수 있게 되었는데, 어찌 첩이 지기를 갈망하겠습니까? 아무쪼록 여자의 식견 없음을 너무 책망하지 마시기 바랍니다. 그리고 첩 또한 군자의 일을 누설하지 않을 것이니 너무 속이지 마소서."

이 말을 들은 한림은 속으로 깜짝 놀랐다. 그러고는 영 소저가 자신이 여자인 줄 어떻게 알았을까 의아해 하며 한편으로 부끄러움을 느꼈다. 문득 입술과 이가 떨리는 듯했다. 그러나 한림은 이내 여유를 되찾고 웃으며 말했다.

"부인의 말이 뜻이 있을 것이오. 주인과 손님이 만난 지 얼마 되지도 않았는데, 자신을 속인다고 책망하니 그 의도가 무엇인지 자세히 설명해 보구려."

영 소저가 이 말을 듣고는 꽃 같은 얼굴을 숙이고 정색을 한 채 아무 대답도 하지 않았다. 한림은 영 소저가 자신의 정체를 알아차린 줄 알고, 사람 볼 줄 아는 그녀의 고명함에 감탄해 마지않았다. 그렇지만 자신을 너무나 잘 꿰뚫어보는 것에 대해서는 마음이 그다지 좋지만은 않았다. 그래서 그 뒤로 더 이상 아무 말도 하지 않고 그렇게 첫날밤을 보냈다.

다음 날 신부가 폐백을 갖춰 사당에 나가 한림과 어깨를 나란히 해 술잔을 올렸다. 한림은 옛일이 떠올라 슬픔이 밀려오는 듯 눈물이 연꽃 같은 두 뺨으로 흘러내렸다. 이를 지켜보던 영 소저 역시 감동하여 함께 슬퍼하며 눈물을 흘렸다. 소저의 침소는 정전에 있는 해월각으로 정했다. 해월각은 그 집에서 제일 큰 곳이었다. 붉은색에 옥으로 꾸민 난간과 깁을 바른 창과 하얗게 꾸민 벽은 흡사 인간 세상처럼 보이지 않았다.

그날 밤 한림이 정전에 이르렀다. 영 소저가 차마 고개를 들지 못하고 말했다.

"첩이 상공께 한 가지 말씀드릴 것이 있으니 용서하고 들어 주소서."

한림은 영 소저가 자신의 정체를 알아차리고 이와 같이 말하는 줄 짐작했다.

● **정전(正殿)** 원래 왕이 신하들과 더불어 정치를 하던 궁전을 뜻하는데, 여기서는 방한림의 집에서 가장 핵심이 되는 궁전 같은 건물을 뜻한다.
● **깁을~창** '창사(窓紗)' 또는 '사창(紗窓)'을 풀어 쓴 것이다. '깁'은 명주실로 바탕을 조금 거칠게 짠 비단.

"무슨 말을 하려는지 한번 들어 보겠소."

그러자 소저가 옷깃을 여미며 말했다.

"소첩이 만일 상공을 알지 못한다면 어찌 이처럼 당돌히 말할 수 있겠습니까? 상공이 해와 달을 속이고 세상을 속여 음양을 바꿔 입었다는 것을 솔직히 밝히시면 첩이 죽을 때까지 그 사실을 누설하지 않겠습니다."

한림은 영 소저가 이미 이와 같이 결단이 서 있는 것을 알고는 뜻을 굽히지 않을 수 없었다. 한편으로 부끄럽기도 해 슬픈 빛을 띠더니, 시간이 지날수록 옥 같은 얼굴에 구슬 같은 눈물이 흘러내려 복받치는 감정을 추스를 수 없었다.

"내 정체는 그대가 의심하는 바와 같소. 하늘로부터 큰 벌을 얻어 여덟 살에 부모님을 여읜 뒤 고독한 몸이 되었소. 외딴 시골 마을에는 의탁할 만한 친척도, 사람도 없었기에 어쩔 수 없이 남장한 모습을 하고 지내면서 속절없이 세월만 보냈소. 이미 열두 살이 되어 어리석은 기운이 넘쳐 그칠 줄을 몰라 이 지경에 이르렀는데, 오늘 그대가 그것을 분명히 알아보았구려. 감히 다시는 그대를 속이지 못하겠소. 나는 이미 잘못된 길에 들어서 개인적 이익을 탐해 부부의 즐거움을 긴요하게 여기지 않았지만, 장인의 강권을 뿌리치지 못해 소저에게 인륜에 어긋난 행동을 하게 되었으니 부끄러워 낯을 들 곳이 없소. 다만 내 정체를 누설하지 말아 주었으면 좋겠소."

영 소저는 이 말을 듣고 기쁜 얼굴빛을 띠며 말했다.

"첩이 이미 당신을 처음 보았을 때 그것을 확실히 알

수 있었습니다. 그러니
이제는 그대와 함께 일생을 지내도 족히
처자의 도리를 잃지 않을 것입니다. 다만 나이가 들어서도
수염이 나지 않는다면 어느 사람이 남장 여자임을 모르겠습니까? 그
때가 되면 어찌하실 생각입니까?"

한림이 이 말을 듣고 슬픈 빛을 띠며 탄식해 말했다.

"모든 일이 잘될 것이오. 염려할 것은 없으나, 다만 소저의 일생을
생각할 때 그대의 안위가 제일 걱정이오. 이미 나를 위해 지기가 되어
평생을 함께 지내겠다고 했으니, 이제 형제의 의를 맺어 명칭을 어지
럽게 하지 말았으면 하오."

영 소저는 이 말을 듣고 과히 좋아하지 않았다.

"안 됩니다. 그렇게 한다면 자연스럽게 누설이 되어 부모님이 아시

게 될 것입니다. 그러면 좋지 않은 결과가 생길 것이니 계속 부부의 예를 지키는 것이 좋을 듯합니다."

한림이 소저의 말을 듣고는 다시 마음이 편해졌다. 한림은 소저에게 팔뚝 위 주표를 보여 주었다. 그러자 소저가 냉소하듯 말했다.

"이것을 주위 사람들이 보면 어찌할 생각입니까?"

"내가 깊이 감춰 두고 있으니, 누가 이것을 알 수 있겠소?"

이렇게 두 사람이 웃고 이야기 나누면서, 지기가 되어 서로 의지하며 살게 된 것을 기뻐했다.

그 뒤로 두 사람은 화락하게 지냈다. 한림은 조정에 갔다가 돌아오면 내당에서 종일토록 영 소저와 시간을 보낼 뿐, 외당에는 일체 손님을 부르지 않았다. 그러자 사람들이 고요하고 단정하다며 이를 더욱 높여 칭찬해 마지않았다.

• **주표**(朱標) 붉은 표식. 일명 앵혈(鶯血). 고전 소설에서 처녀성을 드러내는 징표로, 성교(性交)를 해야 팔뚝 위의 붉은 표식이 없어진다고 믿었다.

방판주, 세상에 나가 능력을 펼치다

방 한림이 조정에 들어간 지 몇 년이 지났다. 학문과 문장을 관할하는 최고 기관인 한림원 내에서도 방 한림의 명성은 최고였다. 관직에 있으면서 강직하고 엄할뿐더러 충성심과 절개가 높았다. 예를 갖춰 행동하는 것이 분명했고, 신하로서 천하를 보필하는 것은 당나라의 위징이나 한나라의 급암과 비교해 전혀 부족함이 없었다. 나이는 아직 열세 살이라지만, 조정에서 천자 다음으로 두려워하고 스승처럼 존경하는 이가 바로 방 한림이었다.

천자 역시 그를 태자보다 더 애지중지했다. 천자가 한림을 이부 시랑 겸 태학사에 임명하자 한림이 이를 사양했다. 그러나 천자의 뜻을

● **이부 시랑(吏部侍郎)** 이부의 장관을 보좌하던 관직으로, 오늘날 행정부 차관 정도에 해당한다.

감히 거역할 수 없었다. 매일 충성심과 절개를 가다듬고 행실을 올곧
게 할 뿐 아니라 청렴강직하기까지 하여 조정 안팎에서 그를 다 우러
러보지 않을 수 없었다. 천자도 시랑을 보면 무릎을 치고 말을 신중히
하면서 자신을 단속하기에 힘썼다. 그래서 '강직현명렬'이라는 별호까
지 얻었다. 천자가 영 소저에게 봉관화리와 명부의 옷을 주자 그 영광
과 풍채가 성했다.

어느 날 방 시랑이 영 소저에게 냉소하듯 말했다.

"부인이 학생 같은 남편을 만나 열셋 청춘에 나의 아내가 되어 봉관
화리를 얻으니 일찍 출세함을 축하하오."

이에 영 소저가 화관을 숙이고 붉은 입술에 흰 이를 드러내며 말했다.

"이것이 모두 당신의 은덕이니 큰 덕이 태산과 같습니다. 여자가 남편의 은총을 입는 것이 사리에 옳거늘 어찌 생색을 내는 말씀을 하십니까?"

이에 방 시랑이 크게 웃었다. 그러나 자신 또한 남자가 아닌 것을 자못 슬퍼했다.

서평후는 훌륭한 사위를 얻은 데다 두 사람이 서로 사랑하여 한시도 떨어지지 않으려 하는 모습을 보고 크게 기뻐했다. 그러나 서평후는 그 둘 사이의 일을 알 리 없었다.

한편 방 시랑의 풍채와 이름을 부러워하는 이들이 계속해서 또 다른 여자를 취할 것을 청해 왔다. 이런 말을 들을 때마다 시랑은 괴로운 듯 말했다.

"소생의 비천한 몸은 번화한 데 뜻이 없습니다. 다만 한 처자를 두어 법을 지키며 일생을 보내려 합니다. 어찌 다른 생각이 있겠습니까?"

방 시랑이 이렇게 말할 때 그의 기색이 서릿발같이 단호했기 때문에 더 이상 다시 청할 수 없었다.

그런데 예로부터 소인 간신배가 자주 권력을 휘두르

- **강직현명렬(剛直賢明烈)** 문자 그대로 '청렴강직하고 현명하며 절개가 있다.'는 뜻으로, 방한림의 성격을 달리 표현한 별명에 해당한다.
- **봉관화리(鳳冠花履)** 봉황 무늬가 새겨진 관(冠)과 꽃무늬가 있는 신발.
- **명부(命婦)** 봉작(封爵)을 받은 부인을 통틀어 일컫는 말.
- **화관(花冠)** 칠보로 아름답게 장식한 관. 여자들이 격식을 갖출 때 착용하던 일종의 족두리.

는 법이다. 한 간신이 천자에게 아뢰기를,

"지방의 민심이 흉흉한데, 특히 형주 변방 고을이 더욱 그러합니다. 나라를 어지럽히는 신하와 어버이를 해치는 자식이 판을 치고 있습니다. 안찰사를 보내 형주를 다스리게 하고 민심을 진정시킬 필요가 있는데, 이부 시랑 방관주가 이 일에 적임자라 생각됩니다."

라며 방 시랑을 추천했다. 천자가 그 말을 듣고, 방 시랑에 대한 신임이 컸던 차에 기꺼이 형주 안찰사에 임명하여 1년간 형주를 다스리고 오도록 명했다. 방 시랑은 할 수 없이 천자의 명을 받들어 길을 떠나게 됐다. 출발 전 천자에게 하직 인사를 올리고 집에 돌아와 부인과 이별을 하니 두 사람 역시 안타까운 마음이 이를 데 없었다. 시랑이 부인의 손을 잡고 말했다.

"그대를 만나 붕우지기가 된 지 몇 달이 채 안 되었는데, 생이별을 하

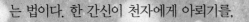

게 되니 삼 년이나 된 것 같소. 오늘 오랫동안 떨어져 지낼 것을 생각하니 슬프기 그지없소. 부디 몸 건강히 잘 지내고 제사를 정성껏 받들기를 바라오."

이에 부인이 대답했다.

"첩이 이미 당신의 처자가 되었으니 제사를 당부하기 전에 이미 받들려 했습니다. 그러나 이별하는 것이 가장 괴로우니, 관포의 지기가 데면데면하지 않음을 오늘에서야 알 것 같습니다."

시랑 역시 헤어지는 것이 못내 안타깝지만 이윽고 흔쾌히 일어나 웃으며 말했다.

"대장부가 나라에 몸을 허락했으니 아녀자의 태도를 취해 처자와 이별하는 것을 안타까워하기만 하리오? 당신은 부디 몸조심하시오."

말을 마친 뒤 유모를 불러 부인을 잘 보살펴 줄 것을 당부했다. 유

안찰사(按察使) 왕의 명으로 지방에 파견되어 왕을 대신해 지방의 군사와 행정을 지휘하고 통제하던 지방 관리자. 관찰사로도 불렸다.
붕우지기(朋友知己) 자신의 속마음까지 잘 아는 친구.
관포의~않음 관중과 포숙아의 사귐이 매우 친밀하다는 고사로 유명한 것이 '관포지교(管鮑之交)'인데, 지기 간의 사귐이 얼마나 친밀하고 소중했는지를 정작 영 소져 자신이 방 시랑과 헤어지는 순간을 맞이하고서야 비로소 실감하게 되었다는 말이다.

모가 눈물을 비 오듯 흘리자 시랑이 말하기를,

"어미가 어찌 이리 우는가? 끝내는 내가 먼저 죽을 것인데, 그대 어찌 이렇게 슬피 우는가?"

했다. 유모가 이 말을 듣고 깜짝 놀라 말했다.

"낭군께서 어찌 그런 불길한 말씀을 하십니까?"

말을 마치고도 유모는 걱정스런 마음이 가시지 않았다. 방 시랑이 좋은 낯빛으로 그녀를 위로하고 술을 내오게 해, 네댓 잔을 기울이고는 길을 떠났다. 집을 나서며 부인을 여러 번 되돌아보는 모습을 본 집안사람들은 모두 시랑이 부인을 사랑하여 그러는 줄로만 여겼다.

시랑이 길을 떠나 형주에 이르러 공무를 성심껏 수행하며 민심을 진정시켰다. 몇 달 만에 교화가 크게 일어나 풍속이 순박해지고 평화로워졌다. 밤에 문을 닫지 않고 남녀가 길을 사양하는 풍속이 다시 생겨났다. 안찰사가 위엄과 덕망을 갖고 백성을 잘 다스린 결과였다. 다만 방 안찰사는 오랫동안 타지에서 머무른 탓에 규방에서 외롭게 지내는 영 소저가 그립고, 천자에 대한 그리움도 날로 더해만 갔다.

아들 낙성을 입양하다

바야흐로 계절이 바뀌어 정원에 꽃이 떨어지고 오동나무에 가을빛이 서린 늦가을 초순이 되었다. 방 안찰사는 따르는 이들을 모두 물러가라 한 뒤, 남루한 옷으로 바꿔 입고 일할 때 입던 도포를 벗었다. 가벼운 두건을 한 채 동자 두 명에게 담배와 거문고를 들게 하고는 근처 경치 좋은 곳을 구경하러 나갔다. 계속 걸어가다 보니 산골짜기 바위 위로 들어섰다. 산속의 경치가 매우 빼어난 게 붉은 비단 휘장을 두른 듯 단풍이 절정을 이루었다. 향기로운 바람이 솔솔 불어오는 가운데 산봉우리는 삐죽삐죽 겹쳐 있고, 바위 절벽 위 폭포수는 우렁찬 소리를 내며 쏟아져 내렸다. 가을 계곡물에 비친 햇빛이 한가롭게 빛나는 때에 바위 위에 올라가 거문고 줄을 튕기며 줄을 고르고 담배를 태우며 노래를 읊었다. 이에 붓을 꺼내어 바위 위에서 시 한 수를 썼다.

쓸쓸한 가을바람
내 마음과 같도다.
지음을 얻음이 신기하여라.
아름답고도 어여쁜 일이로구나.

스스로 바늘과 실을 내던짐이여.
이 몸은 절로 천자에게 절하노니
살아서 소원을 이룸이여.
죽은 뒤에도 이름은 남으리라.

쓰기를 마친 뒤 그 아래에 '한림 학사 예부 시랑 태학사 현명 선생
방관주 쓰노라.'라고 적어 놓았다. 그러고 난 뒤 다시 돌아오려 할 때
갑자기 커다란 천둥소리가 났다. 두 동자는 깜짝 놀라 얼굴을 감싸
고 엎어졌지만, 안찰사는 동요하는 기색 없이 햇빛이 나기를 기
다렸다. 이때 갑자기 천둥소리가 한 번 더 나고는 큰 별이 떨
어졌다. 밝은 기운이 찬란하게 일어나 상서로운 기운이 사
방에 어린 듯하더니 잠시 뒤 햇빛이 밝게 비쳤다. 이때 안찰
사가 보니 별이 떨어진 장소에 별의 광채 대신 옥 같은 아이
가 놓여 있었다. 그 아이는 태어난 지 몇 달밖에 안 되어 보였
지만 눈썹과 눈이 비범하고 두 눈은 맑은 거울 같았다. 옥 같은 용
모에 해와 달의 정기가 어려 있는 듯했다. 안찰사가 기뻐하며 말했다.

"이 아이는 하늘이 나에게 주신 아이로구나."

아이를 자세히 보니 총명한 기운이 두드러지고, 가슴에 낙성(落星)이란 두 글자가 선명히 쓰여 있었다. 이를 신기하게 여긴 안찰사는 아이를 데리고 집에 돌아와 유모를 구해 기르게 했다. 이 아이가 범상치 않음을 알아차린 안찰사는 그의 이름을 낙성이라 지었다.

낙성을 얻은 지 수십 일이 지났다. 서울로부터 대장군 양덕이 죽었다는 소식을 들었다. 안찰사가 이날 밤 천문을 보니 과연 양덕의 주성이 떨어져 있었다. 안찰사는 자기의 주성인 문곡성까지 관찰해 보았다. 문곡성은 광채가 찬란한 것이 맑은 빛이 하늘에 빛나고 있어 뭇 별의 광채마저 빼앗고 있었다. 이를 본 안찰사는 자신의 벼슬이 더 오를 것임을 알았다.

계절이 바뀌어 새봄이 되었다. 안찰사는 부인에 대한 그리움과 천자를 알현하고 싶은 마음이 간절했다. 이를 잘 아는 천자가 그의 벼슬을 높여 병부 상서 추밀사에 임명하고 서울로 불러들였다. 안찰사는 천자의 명을 들은 뒤 향안을 차려 놓고 북쪽을 향해 네 번 절하고 길을 떠났다. 낙성을 데리고 서울에 도착해 조정에 들어가 가장 먼저 천자를 알현했다. 천자가 그를 반기며 크게 위로해 주었다.

"경이 비록 나이 어리나 짐을 도와 수 년 동안 한결같은 충성을 보이고 형주의 어지러운 민심을 반석과 같이 바로잡고 돌아오니 경의 공로가 보통이 아니로다. 내가 어찌 경을 믿고 아끼지 않을 수 있겠소?"

천자가 술을 내리니 상서가 이를 받고는 은혜에 감사를 표하고 엎드려 아뢰었다.

"다행히 형주를 진압할 수 있었던 것은 모두 폐하의 큰 은총 덕분입니다. 신은 공이라고 할 것이 없는데 이렇듯 황송하게도 어주를 받으니 몸 둘 바를 모르겠습니다. 신의 나이 열다섯 살에 너무 큰 벼슬을 받으니 복이 없어지지 않을까 염려가 됩니다. 엎드려 바라건대, 현명하신 폐하께서는 너무 높은 벼슬을 거둬 주시기를 바라옵니다."

이에 천자가 웃으며 말했다.

"지금 조정에서 가장 소중한 사람은 경 하나뿐이오. 짐이 이 벼슬을 그대에게 주지 않으면 누구에게 주리오? 경은 고집을 부리지 마시오."

방 상서가 할 수 없이 은혜에 감사를 표하며 말했다.

"내려 주신 술이 온몸에 돌아 실수할까 염려되니, 이만 물러가도록 하겠습니다."

이에 임금이 물러나 쉴 것을 허락했다. 상서가 집에 돌아가는 길에 서평후를 만났다. 서평후가 너무 기뻐 손을 잡고 함께 집으로 갔다. 방 상서가 장모와 모든 처남을 만나 이별의 회포를 풀고는 조금 있다가 자기 집으로 돌아왔다.

부인이 반겨 맞이한 뒤 서로 오랫동안 쌓인 회포를 풀었다. 상서가

● **천문**(天文) 천체의 운행.
● **주성**(主星) 그 사람의 운명을 맡고 있는 별.
● **알현**(謁見) 지체가 높고 귀한 사람을 찾아가 뵘.
● **추밀사**(樞密使) 나라의 기밀과 군사 문제를 다루던 기관인 추밀원(樞密院)의 우두머리.
● **향안**(香案) 향로나 향합 등을 올려놓는 상.
● **어주**(御酒) 왕이 신하에게 내리는 술, 또는 신하에게 권하는 술.

기쁜 낮으로 이야기를 하다가 낙성을 얻게 된 연유를 들려주었다. 부인도 낙성을 얻게 된 이야기를 듣고는 신기하게 여겨 유모를 데려다 기르게 했다. 낙성이 점점 자라 상서 부부를 부모로 부르고 극진히 따르므로 두 사람 역시 낙성을 사랑하지 않을 수 없었다. 그들은 자신들이 죽은 뒤에 낙성에게 의탁하려고 했다.

어느덧 낙성 공자가 네댓 살이 되었다. 갈수록 그의 기개는 비범해지고 전아한 풍채와 옥 같은 용모는 더욱 뚜렷해진 게, 마치 중국의 반악과 이백, 그리고 두보의 풍모를 지닌 듯했다. 두 눈은 샛별과 같았고, 이마는 강산의 맑은 정기를 머금었고, 붉은 입술과 흰 이빨은 곤륜산의 옥을 마치 귀신의 도끼로 다듬은 듯했다. 골격이 늠름한 것이 진실로 세상에 없는 인재요, 기린과 봉황의 새끼처럼 훌륭한 젊은이가 아닐 수 없었다.

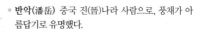

● **반악**(潘岳) 중국 진(晉)나라 사람으로, 풍채가 아름답기로 유명했다.
● **곤륜산**(崑崙山) 중국 전설상의 높은 산으로, 서왕모 등 신선이 살며 아름다운 옥이 많이 나고 산 위에는 아름다운 연못인 요지가 있다.

상서가 그를 손안의 보물처럼 여겨 잠시도 그 곁을 떠나지 않으려 했다. 낙성 또한 효성이 지극했다. 육적이 귤을 품고, 자로가 쌀을 지던 일을 본받아, 비록 나이 어리지만 날이 밝기 전에 세수하고 하루 종일 부모를 모셔 응대하는 것이 어질고 덕과 학식이 높은 사람과 같았다. 이런 모습을 볼 때마다 상서는 낙성을 더욱 사랑하지 않을 수 없었다. 상서가 낙성에게 글자를 가르치니 하나를 들으면 백을 아는 총기마저 지녔다. 그의 글이 날로 발전하고 시 짓는 법 또한 기이할 정도로 발전했다. 배 속에 만 권의 책을 지닌 듯, 입에 만 개의 진주를 드리운 것처럼 그의 공부가 일취월장하여 이백의 〈청평사〉와 자건의 〈칠보시〉를 얕잡아 볼 정도였다. 이는 하늘이 특별히 방 상서의 가을 서리 같은 외로운 마음을 미리 알고 후사를 없애지 않으려 한 것이었다. 상서와 부인이 낙성을 친아들처럼 여겼으니, 참으로 예나 지금이나 드문 일이라 할 만하다.

그해 가을, 음력 8월은 방 상서의 생일이 있는 달이었다. 큰 잔치를 열고 높은 벼슬의 신하와 황실의 친척을 청해 즐거운 시간을 보냈다. 천자도 음악과 음식을 보내 잔치를 풍성케 했다. 잔치에 온 이들은 낙성을 보고 모

두 상서가 자식 복이 있음을 축하해 주며 그를 기특히 여겼다.

잔치 자리에 참석했던 사람 중에는 추밀사 김희가 있었다. 그는 대대로 명문 집안의 후손으로 3남 1녀의 자식이 있었는데, 딸은 이제 막 아홉 살이었다. 그녀의 얼굴은 날아가는 기러기를 내려앉게 만들 만큼 외모가 뛰어났고, 달빛이 빛을 가리고 꽃이 부끄러워할 만큼 자태가 황홀했다. 길쌈을 하거나 옷 손질하는 일, 문장을 짓는 것에 이르기까지 그와 겨룰 만한 사람이 없었다. 이렇듯 미모와 재주가 빼어난 딸을 부모가 분에 넘치도록 사랑했다.

그러나 잔치 자리에서 방 공자를 보니, 자신의 딸과 나이가 같은 데다 당대의 영웅군자라 할 만했다. 그를 높게 평가해 상서에게 직접 말했다.

"소생이 선생께 한 가지 부탁드릴 말씀이 있는데 한번 들어 보시겠습니까?"

● **육적이~일** 부모를 생각하는 자식의 효성을 이르는 말로 자주 사용되는 고사이다. 육적(陸績)은 후한(後漢) 시절의 인물로, 나중에 오(吳)나라 손권(孫權)의 모사(謀士)가 되었다. 그가 여섯 살 때 원술(袁術)이란 이를 방문했는데, 원술이 그에게 귤 세 개를 주자 노모에게 갖다주기 위해 귤을 몰래 가슴에 품었다가 귤이 떨어져 버린 일이 있었다. 원술이 육적으로부터 귤을 가슴에 품은 사연을 듣고는 그의 효성을 칭찬해 마지않았다고 한다. 한편 자로는 공자의 제자로, 그가 가난했을 때에 부모를 봉양하기 위해 백 리나 되는 먼 곳까지 쌀을 짊어지고 갔다고 한다. 이렇듯 두 인물의 어린 시절 효도 이야기가 회자되어 뒷날에 부모를 생각하는 자식의 효성을 일컫는 말로 이 두 표현이 사용되곤 한다.

● **이백의~칠보시** 〈청평사(淸平詞)〉는 당나라 현종이 절세의 미인 양귀비를 데리고 모란꽃을 구경하다가 이백에게 시를 지어 바치라고 했을 때 이백이 양귀비를 찬양하며 지은 사(詞)를 말한다. 한편 〈칠보시(七步詩)〉는 중국 삼국 시대에 조조(曹操)의 아들인 조식(曹植)이 지은 시로, 조식의 자(字)가 자건(子建)이다. 자건은 시를 잘 지었는데, 형인 조비(曹丕)가 자신보다 동생을 조조가 더 사랑하는 것을 알고는 동생을 죽일 요량으로 많은 대신이 보는 앞에서 일곱 걸음을 걷기 전에 한시를 지으라고 명했을 때, 조식이 마지막 일곱 걸음에 지은 애절한 시가 바로 〈칠보시〉이다.

상서가 웃으며 대답했다.

"무슨 청을 하려 하십니까?

추밀이 감사해 하며 말했다.

"실은 다른 것이 아니라, 오늘 그대의 아들을 보니 준수하고 통달한 모습이 내 마음에 쏙 듭니다. 외람되지만 부족한 딸과 당신 아들이 진진의 좋은 인연을 맺었으면 하는데, 허락해 주시겠습니까?"

방 상서는 김 소저가 어렸을 때 본 적이 있었기 때문에 흔쾌히 허락하며 말했다.

"형께서 귀한 딸을 두고 저의 어린 자식을 허락코자 하시니 어찌 사양할 수 있겠습니까? 다만 두 아이가 다 어리니 수년을 기다렸다가 혼례를 치르는 것이 어떻겠습니까?"

추밀이 이 말을 듣고 크게 기뻐해 거듭 감사를 표하고 서로 간에 굳은 맹세와 약속을 했다. 추밀이 공자의 손을 잡고 말했다.

"네가 이제는 내가 사랑하는 사위가 되었구나."

이에 붓과 먹을 내 한번 글을 써 볼 것을 청했다. 공자가 자리를 옮겨 예의를 표한 뒤 옥 같은 손으로 산호 붓을 잡아 순식간에 칠언율시를 지어 두 손으로 받들어 부친에게 드렸다. 그 자리에 있던 모든 이들이 공자가 시를 빨리 짓는 모습에 놀라움을 금치 못하더니, 그의 글을 읽고서는 더욱 탄복하면서 한목소리로 칭찬해 마지않았다. 추밀

• **진진의~인연** '진(秦)나라와 진(晉)나라 간의 좋은 인연'이란 뜻으로, 중국 춘추 시대에 두 나라가 대대로 혼인을 성사시킨 데서 유래해 혼인을 맺는 것을 뜻한다.

역시 기쁨을 감추지 못했다. 다만 상서는 즐거운 얼굴빛을 띠되, 옥 같은 얼굴과 별 같은 눈에 웃음을 머금은 채 뭇 손님의 과찬을 공손히 사양하곤 했다.

어느덧 즐거운 시간이 지나 저녁이 되었다. 잔치가 끝났음을 알리는 곡이 울리자 손님들이 하나둘 집으로 돌아갔다. 방 상서가 내당에 들어가니 부인이 그를 맞이했다. 상서가 김씨 집안과 혼인하기로 했다고 말하니 부인 또한 기뻐했다. 이때 유모가 나와 탄식하며 말했다.

"매사에 부인과 낭군은 즐기시기만 합니다. '기둥에 불이 붙어도 제비와 참새는 오히려 즐긴다.'라고 하더니 바로 두 분을 두고 하는 말이 아닌가 싶습니다. 풀과 나무, 온갖 짐승도 모두 음양으로 나뉘어 있는 것이 자연스런 일이거늘 낭군과 부인께서는 인륜을 끊었습니다.

이제 스무 살이 되었으니 두 소저의 청춘이 아깝지도 않으십니까? 또한 위로 두 어른의 위패를 모실 일을 근심하지 않을 수 없으니, 뒷날 장차 어찌하려 하십니까? 더욱이 부인께서는 침묵하시고 갈수록 고집을 부리서서 진실을 부모님께 고하지 않으시고 매번 앵혈을 감추어 스스로 자식이 없는 체하시니 어찌 이상한 일이 아니겠습니까?

원컨대 두 분 주인께서는 다시 한 번 생각하셔서 진짜 군주를 얻어 황영 자매처럼 지내십시오. 첩이 이를 누설하려 해도 낭군께서 하도 엄하시므로 발설하기 어려워 지금까지 입을 닫고 있었지만 어찌 애달픈 일이 아니겠습니까? 소공자께서도 머지않아 부인을 얻으시겠지만, 상공과 부인께서는 어느 시절에 인륜을 갖추려 하십니까?"

유모의 말이 채 끝나기도 전에 부인은 그런 말을 듣고 싶지 않다는 듯 눈썹을 찡그리고 정색했다. 상서 또한 눈을 부릅뜨고 꾸짖으며 말했다.

"할미는 어찌 또 쓸데없는 말을 꺼내 우리 마음을 심란하게 만드는가? 행여 바깥 사람들이 의심하기라도 하면 어쩌려고. 만약 이상한 소문이라도 난다면, 비록 젖을 먹여 가며 품속에서 나를 키워 준 은혜가 있다 할지라도 결단코 용서하지 않을 것이오."

상서가 눈썹을 치켜뜨고 이렇게 화난 듯 말하자 유모는 더 이상 아무 말도 못하고 물러났다. 이에 부인이 냉소하며 말했다.

"문백 형은 유모가 나쁜 뜻으로 말한 것도 아닌데, 어찌 이렇듯 질타하십니까? 유모는 주인을 위해 충성된 마음에서 말한 것이니 오히려 아름답지 않습니까?"

그러자 상서는 눈을 흘겨 뜬 채 부인을 오랫동안 보다가 말했다.

"부인이 여자의 도리를 알 텐데, 어찌 가장의 자를 부르시오? 나는 그대의 자가 묘주인 것을 알고 있는데, 그렇다면 내가 부인의 자를 함부로 부르는 것이 옳겠소?"

이 말을 들은 영 부인은 다만 가볍게 웃을 뿐이었다. 상서의 나이가 스물넷이 되도록 수염이 보이지 않았으나, 당시 사람들은 다 아름답고 깨끗하다 하며 칭찬할 뿐 의심하는 자가 없었다.

- **위패(位牌)** 죽은 사람의 위(位)를 모시는 나무 패. 죽은 사람의 이름을 나무판에 적는다. 죽은 사람의 혼을 대신하는 물건으로 여겨 이 패를 사당에 모셔 놓는다.
- **황영(皇英)** 아황(娥皇)과 여영(女英)을 줄여 부르는 말로, 요(堯)임금의 두 딸이면서 모두 순(舜)임금에게 시집가 화목하게 살았다고 한다.

앵혈에 담긴 교묘한 유교 이데올로기

앵혈은 문자 그대로 '꾀꼬리의 피'라는 뜻으로, 소설에서는 '남녀의 처녀성을 확인할 수 있는 붉은 점'으로 종종 나타납니다. 앵혈은 우리나라의 한글 소설에서만 보이는 독특한 모티프입니다. 실제 작품 속에서는 꾀꼬리 피처럼 선명한 붉은 점으로 나타난다거나 꾀꼬리 피로 문신한 자국으로 나타나기도 하며, 때로는 팔목에 꾀꼬리 피를 묻혀 보아 그 피가 묻는지 안 묻는지에 따라 순결 여부를 파악하기도 하고, 피가 살갗에 스며들어 물이 들었다가 성교를 하면 사라지는 것으로 그려지기도 합니다.

앵혈은 실제로 존재했나?

앵혈의 유래와 관련해서는 여러 설이 있는데, 궁녀를 선발할 때 13세 이상의 처녀에게 꾀꼬리의 피를 팔목에 묻혀 이것이 묻을 경우에만 처녀로 인정하여 궁녀로 선발했다는 이야기가 있습니다. 그러나 실제로 궁중에서 처녀성을 감별하는 용도로 사용했다면 다른 실기(實記) 문헌에서도 이와 관련한 기록이 있어야 할 것이나, 그 어디에도 이와 관련한 언급은 보이지 않습니다. 더욱이 처녀성을 판단하는 도구로 삼으려면 필요한 피의 양이 적지 않았을 것이기 때문에 우리나라에서 귀했던 꾀꼬리의 피를 사용했을 가능성은 현실적으로 적습니다. 다른 한 가지 설은 중국 고소설에서 나오는 '수궁사(守宮砂)'라는 처녀성 감별 도구를 창작적으로 변용시킨 것이 앵혈이라는 것입니다. 도마뱀에게 붉은 모래를 먹여 기르면 온몸이 붉어지는데, 이 도마뱀을 죽인 뒤 말려 빻아서 액체로 만들어 여자의 몸에 바르면 성교할 때만 지워진다고 합니다. 그러나 붉은 도마뱀을 이용해 수궁사를 만든다는 것은 더더욱 불가능한 일이었을 것으로 보입니다. 결국 앵혈은 실제로 존재한 것이라기보다 중국 소설의 수궁사를 변용한 가상의 물건으로서, 고전 한글 소설에만 등장하던 상상의 소품으로 이해함이 좋을 듯합니다.

여성과 남성의 앵혈을 바라보는 시선의 차이

앵혈이 처음 등장하는 작품은 17세기 후반에 창작된 한글 장편 소설 《소현성록》입니다. 그 뒤 《옥루몽》을 비롯해 19세기 말에서 20세기 초의 《방한림전》에 이르기까지 수십 편의 한글 소설에 앵혈이 등장합니다. 소설에서 앵혈은 대개 여주인공의 처녀성을 겉으로 드러내는 서사에서 종종 등장하지요. 앵혈의 서사 기능은 다양합니다. 여성의 신분을 증명하기 위해 사용되기도 하는데, 처녀라는 사실을 증명한다거나 남장한 여성임을 드러내는 방식으로 주로 처리됩니다. 변란으로 오랫동안 헤어졌던 가족이 다시 만날 때, 헤어지기 전 가족이 앵혈로 이름이나 성 등을 적어 두었던 것을 보고서 가족이 확인하는 것도 한 방법이지요. 또는 정혼한 남녀가 전쟁으로 인해 헤어졌다가 다시 상봉할 때 앵혈을 통해 상대를 확인하기도 합니다. 그뿐만이 아닙니다. 부부의 금슬을 판단하거나 아내가 남편과의 성관계를 거부하는 상황에서 등장하기도 하고, 여성이 다른 남성과 간통한 사실을 드러내거나 성폭력을 당한 것을 알려 주는 용도로 사용되기도 하지요. 또는 간통을 한 뒤 앵혈을 조작한 음녀가 최후에 벌을 받는다는 이야기에서 사건 전개를 위한 구체적인 서사 장치로 활용되기도 합니다.

그러나 앵혈이 남성의 순결을 드러내는 표지로 활용된 예는 매우 적습니다. 앵혈이 제도화된 혼전 순결의 징표로 많이 사용되었는데, 그것을 주로 여성에게 표시하는 것으로 그려졌다는 것은 앵혈 모티프 속에 남성 중심적인 시선이 강하다는 사실을 알 수 있습니다. 남성의 앵혈은 주로 그를 희롱하기 위한 서사에서 사용하고 있는 데 반해, 여성의 앵혈은 법적인 증거력을 가질 정도로 중요한 역할을 합니다. 고전 소설에 등장하는 남성 인물은 앵혈의 존재 자체를 수치스럽게 여기고, 그것을 없애야 자랑스러운 존재가 될 수 있습니다. 그래서 그것을 없애기 위해 어떤 수단을 이용하더라도 비판을 받지 않습니다. 《소현성록》에서 남자 주인공 소운성이 자신의 앵혈을 부끄럽게 여겨 그것을 없애고자 석영이란 여인을 협박하고 강간을 하는데, 이때 소운성은 앵혈을 없앴다는 것에 만족해 할 뿐, 강간을 한 것에 대해 반성하는 태도는 전혀 보이지 않습니다. 한편 여성 인물의 경우 결혼 전과 결혼 뒤 앵혈의 유무 자체가 여성 인물을 평가하는 잣대가 됩니다. 여성은 결혼하기 전 앵혈이 당연히 있어야 한다고 여기고, 결혼한 뒤에는 앵혈이 있다면 그 여성이 비정상적이라는 시선이 작품에 기본적으로 깔려 있지요. 여기엔 여성의 주체적인 사고나 행동 여부는 별로 중요하지 않습니다. 따라서 한글 장편 소설에서는 앵혈 모티프를 여성의 순종과 희생을 전제로 도덕적 성 기강의 확립을 지향하는 상징으로 흔히 사용하곤 했습니다.

《방한림전》에서 앵혈의 의미

방관주와 영혜빙의 동성혼은 여성의 주체적인 사고와 행동에 기인한 것이라 여겨지는 만큼, 《방한림전》의 앵혈 모티프도 일반 작품들과 다른 의미로 사용되었을 것으로 생각하기 쉽습니다. 그러나 곰곰이 생각해 보면 《방한림전》 역시 다른 소설 작품에서와 마찬가지로 주인공이 처녀라는 사실, 곧 남장한 여성임을 부각시키기 위해 앵혈이 사용되었음을 확인할 수 있습니다. 혼인한 방관주와 영혜빙이 성교를 할 수 없기 때문에 앵혈이 그대로 남아 있다는 가정하에서 누군가

가 그 앵혈이 남아 있는 것을 보기라도 한다면 주인공의 동성 혼인이 탄로 날까 걱정하는 대목에서 등장하고 있는 것이지요. 따라서 《방한림전》에서의 앵혈은 아내와 남편 간 성관계 여부를 판단하는 도구로 사용된 것임을 알 수 있습니다. 앵혈 유무가 기혼자임을 보여 주는 표지가 되는 만큼, 《방한림전》에서는 동성 결혼으로 인해 부닥칠 수 있는 고민거리를 그럴듯하게 보여 주기 위한 서사 장치로 활용된 것일 뿐이지요. 앵혈의 역할이 이에서 더 진전된, 그 이상의 의미를 작품에서 읽어 내기는 어렵습니다. 다시 말해 《방한림전》은 겉으로는 당시 사회 이데올로기를 전복시킨 모습으로 보이고 독자에게 소설적 흥미를 제공해 주었을지는 몰라도 다른 작품들과는 차원이 다른, 그래서 당대 가치관을 뛰어넘는 충격 또는 저항의식까지 보여 주었다고 보기는 어렵다고 할 것입니다.

전장에 나가 큰 공을 세우다

이 무렵 천자가 충언을 간하는 신하를 괴롭게 여기고 오히려 간신배의 말을 더 좋아했다. 환관들은 국정을 농락했고, 민심이 동요해 지방마다 요란한 일이 생겨났다. 강직한 신하들마저도 정치에 미련을 두지 않고 하나둘 고향으로 돌아갔다. 방 상서가 이런 상황을 크게 염려해 거듭 간신을 물리칠 것을 천자에게 아뢰었다. 그러나 천자는 방 상서를 신뢰함에도 상서의 말을 끝내 받아들이지 않았다. 상서는 부인과 함께 이 일로 우울해 했다. 아첨하는 신하들이 거듭 국권을 농락하는 일이 잦아지자 국가는 풍전등화처럼 크게 위태로웠다.

이 무렵 조정이 혼란한 틈을 타 북방 오랑캐가 반란을 일으켜 수만 명의 병사를 이끌고 쳐들어왔다. 천자가 이를 근심하여 문무 신하를 모두 모아 의논했지만, 그 누구도 나서서 대책을 말하는 자가 없었다.

이때 한 젊은 명사가 자주색 도포를 끌며 앞으로 나왔다. 그가 입은 조복에는 옥패가 당당히 걸려 있었다. 그는 풍채도 뛰어날 뿐 아니라 그 기상은 가을 하늘에 떠오른 달과 같았다. 천자에게 아뢰기를,

"반역한 신하의 화가 국가에 미쳤으니, 안으로는 간신이 들끓고 밖으로는 도적이 반란을 일으킨 것입니다. 이런 위기 상황에서 신하 된 자가 어찌 편히 자고 먹고만 할 수 있겠습니까? 비록 재주 없으나, 군대를 주신다면 소신이 나아가 북방 오랑캐를 평정하고 사직을 보호하여 폐하의 큰 은혜를 갚도록 하겠나이다."

천자가 보니 바로 병부 상서 방관주였다. 천자는 기쁜 낯빛을 띠며 칭찬해 말했다.

"경은 과연 이 시대의 급암이오. 짐이 어찌 그대를 좋아하지 않으리오? 경이 자신의 안위를 고려치 않고 나서서 오랑캐를 평정하겠다고 하니, 이 어찌 국가의 큰 행운이자 만백성의 복이 아니겠는가? 짐은 더 이상 근심할 필요가 없겠소."

상서가 은혜에 감사를 표하며 아뢰었다.

<hr />

• **풍전등화(風前燈火)** 바람 앞에 켜 놓은 등불이라는 뜻으로, 매우 위험한 처지에 놓여 있음을 나타낸다.
• **조복(朝服)** 문신과 무신 등 신하들이 왕과 정치를 논하거나 의식을 거행할 때 입던 예복.
• **옥패(玉佩)** 조복 좌우에 늘이어 차는 옥.

"상황이 급하므로 내일이라도 당장 길을 떠나겠습니다."

천자가 이를 더욱 기뻐하여 병부 상서 방관주를 대원수 정북장군에 임명하고 친히 금으로 장식한 인수를 채워 주었다. 그리고 십만 명의 병사와 명장 백 명을 데리고 출정토록 했다. 방 원수가 명령을 듣고 사은한 뒤 대궐 문을 나서자, 세 정승과 육부의 상서들이 모두 칭찬하며 말했다.

"선생이 출병하시니 무엇을 근심하리오."

이에 방 원수는 옥으로 꾸민 허리띠를 어루만지며 대답했다.

"여러분이 믿고 하시는 말씀을 들으니, 학생이 나라의 은혜를 갚고자 자원해 출전할 수 있겠습니다. 그러나 원래 병사를 다루는 재주가 없어 오히려 국가를 욕되게 할까 두렵습니다."

그러나 모든 신하는 한마음으로 방 원수에 대한 신뢰를 표시하며 오히려 그의 재주와 덕망을 칭송하고 우러러보았다. 상서가 집에 돌아오자 영 부인이 쌍봉관을 쓰고, 월나삼과 홍금을 끌고 옥패를 울리며 황급히 상서를 맞았다. 그러고서 금인이 허리에 채워져 있는 것을 보고는 놀라 물었다.

"상공이 무슨 일로 대도독의 인을 차셨습니까?"

상서가 금인을 풀어 놓고 비단 조복을 부인을 시켜 벗기게 하고는 웃으며 말했다.

"대장부가 천하에 출세하여 요순 같은 군주를 도와 어찌 대장이 되지 못하겠소? 옛날, 소진이 가난할 때엔 형수와 아내가 베를 짜면서 전혀 움직이지도 않더니 훗날 여섯 나라의 재상이 되고 나니 형수와 아내가 얼른 그 앞에 엎드렸다고 하지 않았소? 부인이 일전에 나에게 문인의 소임은 몰라도 백만 장졸을 호령하는 대장의 재주는 없을 것이라 여기더니, 지금 장군의 인을 보고는 놀란 게요? 나는 북방을 치러 갈 것이오. 그러나 그곳 오랑캐 땅은 험한 곳이라 생사를 알 수 없으니 부인 곁을 떠나는 것이 심히 괴롭소."

부인이 이 말을 듣고 크게 놀라 말했다.

"첩이 상공과 혼인한 지 칠 년인데, 이처럼 만리타국에 가는 것은 처음입니다. 어찌 슬프지 않겠습니까? 그런데 정녕 상공은 군사를 다루는 재주가 있으십니까?"

이에 상서가 대답했다.

"당신과는 지극한 지기지만, 아직도 그대는 나를 모르는구려. 내 비록 칼과 활시위를 한 번도 다루지 않았으나 걱정하지 않으니, 부인도 괜한 걱정 하지 마시오."

술을 내와 십여 잔을 기울이며 오랫동안 이야기를 나누다가 상서가 죽침에 기대 낭랑한 소리로 이별시를 읊었다.

남들은 우리를 부부로 여기나
마음으로 지기임을 알아보네.
오늘 아침 오랜 이별을 하려니
슬프고 연연한 마음뿐이네.

그러자 영 부인이 이에 화답하여 다음과 같이 읊었다.

열세 살에 서로 좋음이 있더니
두 사람이 마음을 서로 비추었네.
어진 지기가 나라에 충성하고자
이별하여 천 리를 가누나.
기러기 떼 북녘 하늘에 날고
쌍제비 아름다운 시절을 알리는데

원컨대 그대는 공을 이루시길
공을 세워 고국에 돌아오시길.

시를 읊고 난 뒤 상서와 부인은 슬픔을 이기지 못했다. 그럭저럭 밤을 지내고, 다음 날 북 소리가 울리고 출정을 알리는 깃발이 올라갔다. 상서가 낙성의 손을 잡고 공부에 매진할 것을 당부했다. 낙성이 울면서 절하고 명을 받들겠노라 했다. 부인과 이별하려 하자 눈물이 절로 흘러내렸다. 대궐에 이르러 천자에게 하직하고 출정을 아뢰니 천자가 말했다.

"경은 이 나라의 보물 같은 신하요. 이제 만 리 밖의 흉악한 도적을 물리치려고 떠나니, 짐이 좌우 수족을 잃은 듯하오. 경은 어서 가서 오랑캐를 물리치고 짐의 뜻을 기억해 무사히 돌아오시오."

이에 원수가 엎드려 말하기를,

"신이 재주가 부족해 어찌 성은을 다 갚을 수 있겠습니까? 다만 전하께오서 옥체를 보전하시고 강녕하시길 바라나이다."

하며 하직을 고했다. 천자가 상방검을 주며 말했다.

"만약 명령을 어기는 자가 있다면 이 칼로 먼저 베도록 하시오."

● **죽침(竹枕)** 대나무로 만든 베개.
● **상방검(尙方劍)** 상방참마검(尙方斬馬劍)의 준말. 상방에서 만든 칼로, 말을 베어 죽일 정도로 예리한 칼을 뜻한다. 중국 한(漢)나라의 주운(朱雲)이란 이가 임금에게 상방검을 얻어 아첨하는 신하의 목을 자르고 싶다고 말한 데서 유래해 '간사하고 배신하는 신하의 목을 베는 것'이라는 뜻으로 쓸 때도 상방검을 종종 인용하곤 한다.

원수가 검을 받고 절월을 북쪽으로 향해 놓고 군대를 지휘하니 그 엄숙한 위엄이 서리 같고, 사나운 호랑이 같은 음성은 모든 병사를 휘어잡을 만했다. 지나가는 길에 조금도 백성들을 건드리지 않으므로 백성들이 밥과 간장을 내놓고 천자의 군대를 맞이했다. 오랑캐 땅에 이르러 진을 구축한 원수는 먼저 오랑캐 왕에게 격서를 전했다. 오랑캐 왕과 신하들이 함께 원수의 격서를 받아 읽었다. 거기엔 다음과 같이 적혀 있었다.

　　대명 대원수 병부 상서 태학사 정북장군은 글로 먼저 오랑캐 왕에게 죄를 묻노라. 위로 하늘이 있고 아래로 땅이 있으며, 그 가운데 천자가

• 절월(節鉞) 깃발과 도끼 모양의 장대로, 흔히 임금이 전장에 나가는 장수에게 준다. 이것은 군령을 어긴 자에 대한 생살권을 상징한다.
• 격서(檄書) 적을 달래거나 꾸짖는 글.

계신다. 천자는 곧 하늘이요, 제후는 백성이다. 천자는 신하의 부모이거
늘 어찌 너희 무리가 대국의 신하라 하면서 감히 천명을 받들지 않고
하늘에 항거하니, 이는 스스로 패망의 길을 택한 것뿐이로다. 내 천자
의 명령을 받아 무도한 너희 오랑캐들을 멸하려 왔도다. 만일 항복하면
가족과 친척 전부를 멸하는 화는 면할 수 있을 것이로되, 만약 그렇지
않다면 결코 용서하지 않으리라.

　격서를 읽은 오랑캐 왕이 크게 노하여 병사들에게 나가 싸울 것을
명했다. 그러나 오랑캐 장수가 아무리 많다 한들 어찌 방 원수의 용병
술을 당할 수 있으리오. 방 원수가 한번 호통을 치고 싸우자, 오랑캐
군이 대패하여 주검이 산 같고 피가 흘러 시내가 되었다. 원수가 싸움
에서 이기자 각 장수에게 상을 주고 다시 다른 계교를 생각했다.
　한편 오랑캐 왕은 대패한 뒤 군사를 수습해 보니 겨우 천여 명의 병
사만 남아 있었다. 분하고 울적한 마음을 달래지 못하자, 갑자기 한
신하가 나와 크게 소리쳐 말했다.
　"신이 부족하지만 기필코 방 원수를 붙잡아 대왕께 바치겠나이다."
　오랑캐 왕이 놀라 쳐다보니 승상 야율달이었다. 오랑캐 왕이 물었다.
　"그래, 그대는 어떤 묘책이라도 있단 말인가?"
　야율달이 아뢰었다.
　"신이 어렸을 적에 사귄 벗이 있는데, 그로부터 기이한 술법을 익히
배웠사옵니다. 그것은 몸을 감춰 바람과 구름이 되어 사람을 해치는
술법입니다. 신이 오늘 밤 명나라 진영에 몰래 들어가 방 원수를 죽이

고 적진을 무찌르고 오겠나이다."

이 말을 들은 오랑캐 왕이 매우 기뻐하며 보검을 주었다. 야율달은 한 줄 검은 기운이 되어 명나라 진영을 향했다.

그날 밤 방 원수는 진 안에서 조용히 촛불을 켜 놓고 앉아 있다가 소매 안에서 한 점괘를 꺼내 보니 불길한 것이었다. 깜짝 놀라 밖으로 나와 하늘을 보니 명군 진영 안에는 전투에서 승리할 기운이 강한 반면, 오랑캐 진영에는 살기가 등등했다. 다만 아군 진영 가운데 살기 가득한 기운이 한 줄기 내려 있음을 보고는 크게 놀라면서 '반드시 자객이 오겠구나.' 하고 생각했다.

삼경이 되니, 과연 창틈으로부터 한 줄기 검은 기운이 살기를 띠

삼경(三更) 밤 열한 시에서 새벽 한 시로, 가장 깊은 밤에 해당하는 시각.

고 장막 안으로 들어왔다. 이에 불을 끈 채 보검을 잡고 숨어 있던 원수가 칼을 들어 그 검은 기운의 끝을 쳐 끊어 버렸다. 그러자 갑자기 괴성이 나며 한 물체가 거꾸러졌다. 확인해 보니 한 오랑캐의 몸이 두 조각이 나 있었고, 붉은 피가 사방에 가득했다. 원수가 눈썹을 찡그리며 장졸을 불러 주검을 치우게 했다. 부하 장수들이 이 일을 보고 원수의 신명함과 용맹함에 탄복해 마지않았다.

방 원수가 율달의 머리를 기에 달고 군사의 사기를 북돋웠다. 오랑캐 왕도 율달이 죽은 것을 알고는 크게 놀랐다. 이때 궁전 아래에서 한 미인이 슬피 울며 통곡했다.

"신첩은 승상 야율달의 사랑을 받던 첩으로, 승상의 죽음이 너무나 원통합니다. 그 원수를 갚고 싶습니다."

오랑캐 왕이 보니 달녀라는 율달의 애첩이었다. 그 얼굴은 아름다운데 슬픈 빛을 띠고 있었다. 왕이 측은히 여겨 말했다.

"과인이 친히 나가 싸우려 했더니 네가 마땅히 선봉이 되어 공을 이루면 네 원수를 갚는 것이 될 것이다."

이에 달녀가 눈물을 머금고 갑옷을 입고 말에 올라탔다. 오랑캐 왕이 한 진을 떼어 방 원수와 마주한 채 싸움을 걸어왔다. 방 원수도 장수들을 지휘하여 깃발을 앞세워 앞으로 나아갔다. 오랑캐 왕이 보니, 한 소년 대장이 머리에 봉황의 깃으로 꾸민 투구를 쓰고 황금 미늘로 만든 갑옷을 입고, 붉은 비단에 화려한 수가 놓인 웃옷을 껴입고, 양지옥으로 만든 허리띠를 차고, 섬섬옥수로 긴 창을 들고 천리마를 타고 있었다. 더욱이 그 얼굴을 보니 세상을 뒤엎을 만한 영웅호걸의 상이었다. 또한 온화하고 진중한 모습은 마치 분을 바른 하랑이요 소복 입은 반악 같았다. 그러니 간담이 서늘해지고 넋이 나간 듯하며 모골이 송연해 싸울 뜻이 싹 사라졌다.

"승부는 사람이 겨루는 데 달려 있는 법. 진법을 겨루어 못 이기면 내 항복을 하겠노라."

이렇게 오랑캐 왕이 허세로 말하니, 원수가 웃으며 대답했다.

"오랑캐와 재주를 겨루는 것 자체가 불가하나, 네가 정녕 그것을 원하면 그렇게 하라."

이에 오랑캐 왕이 큰 소리를 지르고 꽹과리와 징을 쳐 군사를 지휘해 진을 새롭게 쳤다. 원수가 이를 보고 냉소하며 말했다.

"이는 팔괘진이니 공격하기 쉬우리라. 내가 진을 칠 것이니 보아라."

한꺼번에 포를 쏘고 진을 치니 진법이 기이하여 어디로부터 들고나는지 모를 정도였다. 원수가 묻기를,

"네가 이 진 이름을 아느냐?"

하니 오랑캐 왕이 한참 동안 쳐다보다가 말했다.

"이는 천문주작진이거늘 어찌 이것을 모른단 말인가?"

---

* **미늘** 갑옷에 붙인, 생선 비늘 모양의 가죽 조각이나 쇳조각.
* **양지옥(羊脂玉)** 양의 기름 덩이같이 하얗게 빛나는 옥.
* **하랑(何郞)** 위(魏)나라의 하안(何晏)을 가리키는 것으로, 하안은 얼굴색이 너무 하얘서 마치 흰 분을 발라 놓은 것으로 의심을 받을 정도였다고 한다.
* **팔괘진(八卦陳)** 중국의 제갈량이 사용한 진법으로, 여덟 개의 문 형태로 되어 있고, 기병을 상대하는 데 효과적인 진법으로 알려져 있다.
* **천문주작진(天文朱雀陳)** 풍수지리에서 주작(朱雀)의 위치에 대응하는 하늘의 별자리 모양을 한 진법.

이때 오랑캐 왕의 뒤에서 한 여장부가 갑자기 달려 나오며,

"오늘 방 원수를 죽여 내 원한을 갚으리라."

하고 외쳤다. 그리고 오랑캐 왕과 합세하니 두 진이 승부를 내지 못했다. 그런 와중에 원수가 화살을 쏴 달녀의 가슴을 맞추자 달녀가 외마디 비명을 지르고 떨어져 죽었다. 이에 오랑캐 왕이 급히 말을 돌려 달아나려 했다. 모든 병사들이 큰 소리를 지르며 몰려들어 오랑캐 왕을 둘러싸니 마침내 사로잡혔다. 그러나 방 원수가 장막에 돌아와 붙잡힌 오랑캐 왕을 풀어 주며 말했다.

"이기고 지는 일은 군사에게는 흔히 있는 일이라. 왕이 아직 항복할 마음이 없다면 다시 승부를 겨루는 것이 어떤가?"

이에 오랑캐 왕이 머리를 조아리고 사죄하며 말했다.

"원수께서 이 목숨을 살려 주시면 항복을 하겠나이다. 어찌 감히 뉘우치는 뜻이 없겠습니까?"

원수도 기쁜 표정을 지으며 칭찬해 말했다.

"그러하다면 다행한 일이로다. 성인도 말하기를 '깨닫는 것이 지극히 귀하다.'라고 하였으니, 왕이 정녕 잘못을 깨달았다면 본성은 어진 자로다."

이렇게 오랑캐 왕을 돌려보내자, 그는 감격한 나머지 돌아가 항복 문서를 바쳤다. 원수가 오랑캐 왕을 정성껏 대접하고 군대를 돌려 돌아가려 하자, 오랑캐 왕이 잔치를 열어 원수를 대접하고 백 리 밖까지 나와 전송했다.

원수가 출정한 지 벌써 여덟 달이 지났고, 해도 바뀌었다. 하루라도

빨리 서울로 돌아가고 싶은 마음에 하루에 천 리씩 행군해 돌아왔다. 원수가 승리하여 오랑캐 땅을 평정하고 돌아온다는 소식을 들은 천자는 크게 기뻐했다. 즉시 원수를 우승상 강릉후에 봉하고 아홉 가지 선물을 하사한 뒤, 사신을 시켜 그를 마중하게 했다. 원수가 유하촌에 이르렀을 때 천자가 보낸 사신을 맞이했다. 향안을 마련하고 천자가 쓴 글을 읽었다.

경이 승전하여 오랑캐 땅을 평정하고 돌아오니 그 공이 매우 크도다. 이에 특별히 작은 벼슬로 그 정을 표하니, 그대는 사양하지 말고 빨리 돌아와 짐을 반기라.

원수가 천자의 글을 읽은 뒤 황공함을 이기지 못해 북쪽을 향해 감사의 절을 올렸다. 그러고서 부지런히 돌아와 서울에 이르자마자 천자를 알현했다. 천자가 승상의 손을 잡고 못내 반기며 공을 치하하고 술을 내렸다. 이에 승상이 엎드려 아뢰었다.
  "오랑캐의 난을 평정한 것은 폐하의 큰 은덕과 여러 장수의 공 덕분

- **이기고~일이라** 원래 '일승일부병가상세(一勝一負兵家常細)'라는 말에서 유래한 것으로, 당나라의 배도(裵度)가 싸움에서 지고 돌아오자 헌종(憲宗)이 그를 위로하며 한 말이다.
- **깨닫는~귀하다** 《논어(論語)》 〈자한(子罕)〉 편에 "법으로 해 주는 말을 따르지 않을 수 있겠는가? 잘못을 고치는 것이 귀하다.[法語之言 能無從乎 改之爲貴]"라는 말을 인용한 것이다.
- **아홉~선물** 원문 표기로는 '구석(九錫)'. 이는 중국에서 천자가 특별히 공이 많은 신하에게 하사하던 아홉 가지 물건을 뜻한다. 거마(車馬, 수레와 말), 의복, 악칙(樂則, 음악), 주호(朱戶, 붉은 문), 납폐(納陛, 신발을 신고 천자가 앉는 자리에 오르는 일), 호분(虎賁, 호위 병사), 궁시(弓矢, 활과 화살), 부월(斧鉞, 도끼), 울창주(鬱鬯酒, 술).

입니다. 신에게 무슨 공이 있겠습니까? 더욱이 벼슬은 외람되오니 오히려 황공하고 송구스러울 따름입니다. 부디 명령을 거두어 주시옵소서.”

천자는 승상의 손을 잡고 편히 쉬라 권한 뒤, 영 부인을 진국 부인에 봉하고 승상의 부모를 추존하여 그 아비는 좌승상 평양후에, 그 어미 보씨는 한국 부인에 봉했다. 승상이 감격의 눈물을 흘리고 천자의 은혜에 감사하며 감히 사양하지 못했다.

이윽고 조정에서 물러나 집에 돌아오니 모두 나와 기뻐하는 소리가 봄바람 같았다. 공자 낙성도 마중 나와 두 번 절하며 인사했다. 승상이 손을 잡고 기뻐하며 내당에 들어가 부모 가묘에 절했다. 비록 부모의 위패이나, 반갑고 슬픈 마음이 교차했다. 자신의 영화를 직접 고하고 친히 효도할 부모가 없고, 다만 죽은 뒤에 추증된 품계와 벼슬만 있다는 사실에 슬픔이 북받쳐 눈물이 소매를 적셨다.

부인을 다시 만나 반가운 마음 역시 끝이 없었다. 서평후도 찾아와 전쟁에서 승리한 것을 치하하고 기뻐하며 함께 축하해 주었다. 서평후가 자신의 딸과 사위를 보니 이제 어엿한 성인이었다. 서평후가 매우

- **진국 부인(秦國夫人)** 당나라 현종이 사랑했던 양귀비의 여덟 번째 동생 양옥차에게 내린 벼슬명.
- **추존(追尊)** 어떤 인물이 죽은 뒤에 그를 높여 특별한 호칭을 올리는 일. 흔히 왕위에 오르지 못하고 죽은 이를 높여 왕의 칭호를 부르는 것을 뜻한다.
- **평양후(平陽侯)** 한나라 통일에 큰 공을 세운 조참(曹參)에게 내린 벼슬명으로, 공신서열 2위에 해당한다. 큰 공을 세운 이에게 내리는 벼슬명이다.
- **한국 부인(韓國夫人)** 양귀비의 언니인 양옥패에게 내려진 벼슬명. 여기서 진국 부인과 한국 부인을 함께 언급한 것은 당나라 양귀비의 언니와 동생에게 내려진 벼슬명을 관련지어 차용한 것으로 보인다.
- **영화(榮華)** 몸이 귀하게 되어 이름이 세상에 빛나게 됨.

흡족하여 기쁜 얼굴로 웃으며 말했다.

"너희 부부는 만사가 뜻대로 되고 있으나, 다만 자녀가 많지 않은 것이 안타깝구나."

이에 부인이 나직이 고했다.

"오복을 다 갖추기란 쉽지 않습니다. 그러나 성을 이을 아이가 있는데 어찌 부족하다 하겠습니까?"

승상은 속으로 웃고, 영 부인은 기뻐할 뿐이었다.

● **오복**(五福) 유교에서 말하는 다섯 가지 복. 장수[壽]하고 부유[富]하며 높은 벼슬[貴]에 건강[康寧]하고 자손이 많은 것[子孫衆多]을 일컫는다.

아들 낙성,
혼례를 치르다

한편 김 추밀의 딸이 열두 살이 되자, 혼사를 치르고자 중추 스무날을 택일해 방 승상 집으로 보냈다. 이때 낙성의 나이 또한 열두 살이었다. 신장이 늠름하고 풍채가 빼어나 물 위를 나는 용과 같았다.

길일이 되자 손님들이 구름같이 모이고 술과 안주가 넘쳐 났다. 방 공자가 혼례복을 단정히 입고 금 안장을 갖춘 백마를 타고 신부 집을 향했다. 김씨 집에 이르러 전안을 마친 뒤 신부가 가마에 오르기를 재촉하니 추밀이 기쁜 표정을 짓고 방 공자의 손을 붙잡으며 말했다.

● **중추(仲秋)** 가을이 한창이라는 뜻으로, 음력 8월을 일컫는다. 각 계절(봄, 여름, 가을, 겨울) 중 첫 번째 달, 두 번째 달, 세 번째 달을 각각 '맹(孟)-', '중(仲)-', '계(季)-'라 하는데, '중추(仲秋)'는 가을 계절의 두 번째 달인 음력 8월을 말한다. 음력 8월 15일인 추석을 '중추절'로 부르는 것도 바로 이 때문이다.
● **전안(奠雁)** 혼삿날 신랑이 나무로 만든 기러기를 가지고 신부 집에 가서 상 위에 놓고 절하는 예.

"너는 이제 나의 사랑하는 사위다. 이 늙은이가 무슨 복이 있어 이런 영웅을 얻고 슬하의 재미를 삼게 되었을꼬. 최장시는 자연스레 일어나는 흥취이니 그대는 사양하지 말고 지으라."

이에 방 공자가 붓을 들어 아름다운 종이 위에다 붓을 휘두르니 비바람처럼 빨랐다. 붓 끝에 철사를 드리운 듯 순식간에 지어 추밀에게 보여 주니, 이백과 두보의 재주가 있었다. 김 소저가 가마에 올라타자 추밀이 경계하는 말을 딸에게 했다.

"남편을 공경스럽게 대하고 시부모를 지극한 효성으로 섬기며 일찍 일어나고 늦게 자 옛날 숙녀들이 한 것처럼 하거라."

모친은 띠를 해 주고 수건을 매어 주며 당부의 말을 해 주었다.

"밤낮으로 부지런하고 온순하며 몸을 낮추어 남편을 예로 섬겨 부모의 경계를 잊지 말거라."

이에 소저가 분부대로 하겠다고 하고 교자에 올랐다. 신랑의 집에 도착해 두 사람은 해월각 대청에 자리를 펴고 용을 수놓아 만든 화문석에 올라 맞절을 했다. 옥 같은 용모에 늠름하고 시원스러운 풍채의 낙성과 김 소저를 함께 보니 진실로 삼생의 좋은 인연이자 짝이라 하지 않을 수 없었다.

부부가 맞절을 마치고, 소저는 시부모에게 폐백을 올렸다. 소저의 걸음에서 향기로운 구름이 일어나는 듯하여 시부모는 기쁜 빛이 가득했다. 신부의 숙소는 부용각으로 정했다.

신부가 화려한 혼례복을 벗고 그림 병풍에 기대고 있을 때, 방 공자가 부친의 명으로 신방에 들어왔다. 신부가 천천히 몸을 일으켜 앉는

태도가 아리땁고 시원스러웠다. 생이
이 모습을 보고 기쁨을 이기지 못해
원앙이 푸른 물을 만난 듯했다.

김 소저는 이 뒤로 시부모를 지극정성
으로 모시고 남편을 예로 대접했다.
이에 승상과 부인 역시 며느리를
지극히 사랑하고 방 공자를 정성
껏 대했다. 승상은 조정에 일이 없으면 해월각에서 며느리와 자기 아
내와 함께 시사를 주고받거나 바둑을 두며 시간을 보냈다.

이듬해 봄이 되어 천자가 과거를 베풀었다. 방 공자가 시험장에 나
아가 재주를 발휘해 장원이 됐다. 과거 급제자의 이름을 듣고 어화청
삼으로 차려입고 집에 돌아와 부모에게 인사를 올렸다. 이에 모 부인
이 손을 잡고 기뻐하며 말했다.

"네 부친은 열두 살에 장원을 했는데, 너 또한 열세 살 어린아이로
계화를 꺾었구나. 이는 모두가 선조가 쌓은 덕 때문이다."

● **삼생**(三生) 전생(前生), 현생(現生), 내생(來生)을 통틀어 일컫는 말.
● **시사**(詩詞) 시(詩)와 사(詞), 곧 한시와 중국 송대(宋代)에 성행했던 율격시.
● **계화를 꺾었구나** 과거에 장원 급제한 사람에게 임금이 어사화를 하사했는데 이때 계화, 즉 계수나무 꽃을
　꺾어 어사화를 만들었다. 따라서 계화를 꺾었다는 것은 장원 급제를 했음을 뜻한다.

승상도 즐거움과 기쁨을 이기지 못하여 성대히 잔치를 베풀어 축하해 주었다. 천자는 방 공자를 도어사에 임명하고 김 소저에게는 봉관화리를 주니 방씨 집안 입장에서는 크나큰 영광이 아닐 수 없었다. 방 어사 역시 부친에 못지않게 청렴하고 정직하여 맡은 바 소임에 충실하므로 천자가 그를 사랑함이 지극했다.

"방낙성은 한림원에서 가장 이름난 신하로다. 충성과 절개, 그리고 그 재주가 아비보다 뒤지지 않으니 방 승상의 자식 교육이 훌륭함을 알겠노라."

그러면서 매번 승상을 불러 술을 하사했다.

2년이 지나 김 소저가 옥동자 같은 아들을 낳았다. 승상과 부인이 손자를 손안의 보물처럼 소중히 여기고, 어사도 김씨 부인을 정성껏 대하며 어린아이를 사랑했다. 이름을 현이라 짓고 자를 반백이라 했다.

도어사(都御使) 어사의 우두머리.

하늘이 내린 주인공, 온갖 시련을 이기고 영웅이 되다!

《방한림전》을 흔히 여성 영웅 소설로 분류합니다. 이것은 여주인공을 중심으로 여성의 활약상을 그린 소설 장르에 해당합니다. 그런데 여성 영웅 소설은 비교적 후대인 19세기에 나타난 것으로, 그 이전에 이미 영웅 소설이라 부를 만한 일련의 작품이 유행한 뒤에 나타났다고 봅니다. 이때 영웅 소설은 남성 영웅을 주인공으로 한 것이기 때문에 여성 영웅을 주인공으로 한 작품의 경우 '여성'이란 말을 덧붙여 부르는 것이 일반적입니다.

영웅 소설의 자격

여성 영웅 소설의 근간이 되는 영웅 소설은 최소한 세 가지 중요한 변별 자질을 충족시켜야 합니다. 첫째, 주인공의 성격과 행위, 곧 주인공의 영웅적 면모를 고려해야 합니다. 둘째, 작품의 서사 구조, 곧 영웅의 일생 구조가 보이는지를 고려해야 합니다. 셋째, 외적 요소인 향유 시기와 분량, 그리고 한글 소설 여부를 염두에 둡니다. 이는 대개 18세기 이후에 창작되고, 상업적 목적에서 만들어진 통속 소설로, 방각본 형태로 대량 생산되어 유통된 한글 소설이라는 특징을 보여 주는지를 고려하는 것입니다. 이런 세 가지 자질을 갖춘 작품을 영웅 소설이라 부를 수 있고, 여기에 여성 영웅이라는 점이 더해지면 이를 여성 영웅 소설이라고 부를 수 있습니다.

홍계월 VS 방한림

여성 영웅 소설의 대표작으로는 어떤 것이 있을까? 바로 《방한림전》과 《홍계월전》, 《정수정전》, 《이학사전》, 《옥주호연》 등입니다. 영웅 소설이 인기를 끌자, 여성 영웅을 주인공으로 한 여성 영웅 소설이 나타났습니다. 따라서 기본적으로 여성 영웅 소설은 영웅 소설에서 영웅의 일생 구조에 입각한 여성의 일생을 그려내되, 통속 소설로서 재미와 흥미 본위의 서사를 구성하기에 주안점을 둔 작품 군이라 할 수 있습니다. 《홍계월전》만 해도 남성의 전유물로 여겨졌던 무예에 대해 여주인공 계월이 관심을 표했을 때, 부모가 그런 관심을

인정해 아예 남장을 시켜 남자처럼 키우는 것으로 그려내고 있습니다. 이는 《방한림전》에서 부모가 관주의 의견을 존중해 남성의 전유물로 여겼던 시와 글을 익히도록 허락하고, 남장을 시켜 아들로 속이는 것과 다르지 않습니다. 이처럼 《방한림전》에는 영웅 소설에서 종종 발견되는 특징이 여럿 보입니다. 그중 하나가 남장한 여주인공이지요. 또한 방한림의 일생을 더듬어 보면, 좋은 집안에서 태어났으나 일찍 부모를 여의고 홀로 세상살이를 헤쳐 나가야 하는 위기 상황에서 남장을 한 채 자신의 출중한 능력을 발휘해 나라에 공을 세우고 자신이 원하는 가정을 꾸립니다. 이때 방관주의 영웅적 면모는 민심이 흉흉한 지방에 파견되어 백성을 잘 다스리고, 오랑캐와 싸워 무공을 세워 나라를 위기에서 구하는 부분에서 확인되지요. 이런 면모는 영웅 소설에서 군담을 통해 영웅성을 입증하는 것과 다르지 않습니다.

《방한림전》의 여성 영웅 소설로서의 특징

오랑캐 왕과의 전투 장면에서 진법 싸움을 벌인다거나 복수를 위해 전장에 뛰어드는 여장부 달녀를 단번에 제압하는 내용 역시 영웅 소설에서 자주 등장하는 장면입니다. 또한 마지막에 방관주와 영혜빙이 낙성의 꿈에 나타나 자신들이 원래 천상계 존재였음을 밝히고, 다시 천상에 복귀해 행복하게 살고 있다는 식의 결말 처리 역시 영웅 소설에서 흔히 다뤄지는 방식이지요. 하늘이 정해 놓은 인연이었기에 벌을 받아 비록 지상의 존재로 다시 태어나 온갖 고난 또는 시련을 겪고 남녀 간 만남과 이별을 경험하지만, 결국은 다시 원래 자리로 복귀한다는 논리지요. 이런 내용들이 《방한림전》 곳곳에 배치되어 있다는 것은 《방한림전》이 흥미 본위의 통속 영웅 소설의 성격을 다분히 지니고 있음을 보여 줍니다. 흥미 본위의 통속 소설이라는 측면에서 볼 때 동성 간 결혼이라는 소재만큼 효과적인 것도 드물 것입니다. 이런 점들을 두루 고려할 때 《방한림전》을 여성 영웅 소설의 한 예로 파악할 수 있는 근거는 충분하다 하겠습니다.

글솜씨를 드러내고 천자로부터 선물을 하사받다

하루는 승상이 조회를 마치고 천자를 옆에서 보좌했다. 천자가 말하기를,

"짐이 경의 문필을 사랑하여 매번 글을 받아 병풍을 만들어 침소에 둘러치려 하였으나 번거로워 미처 말하지 못하고 있었도다. 오늘은 조용하니 글을 지어 금자로 수놓아 들이도록 하라."

하니 승상이 아뢰기를,

"마땅히 아름다운 글씨와 기특한 시를 얻어 폐하의 침전에 두고 보시는 것이 좋을 것입니다. 어찌 신과 같이 못난 재주를 가진 사람의 시로 할 수 있겠습니까? 그러나 폐하의 명이 이와 같으시니 한번 부족한 재주를 펼쳐 보도록 하겠습니다."

천자가 크게 기뻐하여 흰 비단 여덟 폭과 중국 용미산에서 나는 돌

로 만든 벼루, 그리고 봉황 꼬리의 깃처럼 많은 갈래로 나뉘어져 글씨
쓰기에 좋은 붓을 내주었다. 승상이 깁을 펴고 순식간에 글을 써 내
려가니 천자는 그의 재주가 신기할 따름이었다. 한 치의 망설임도 없
이 신속하게 써 내려가더니 마지막에 금자로 써 받들어 천자에게 올렸
다. 천자가 신기히 여기며 받아서 읽어 보니 글씨의 획이 정확하고 글
씨가 시원스러운 게 광채가 나는 듯했고, 글 내용 또한 진심이 담겨
있었다. 다 읽은 뒤 감탄하며 칭찬의 말을 아끼지 않았다.

"경의 문장과 필법이 이처럼 기이한 줄은 몰랐도다. 일찍부터 생각

• 금자(金字) 금박을 올리거나 금빛 수실로 수를 놓거나 금물로 써서 금빛이 나는 글자.
• 용미산(龍尾山) 중국의 유명 벼루의 재료가 되는 벼룻돌이 나는 무원현(婺源縣)의 산.

했었는데, 이제야 아름다운 문장을 얻어 금자로 쓰게 되었으니 소원을 이루었도다. 무엇으로 경의 수고를 대신하리오?"

이에 승상이 정색하며 아뢰었다.

"부족한 재주를 폐하께서 지나치게 칭찬하시니 부끄러울 따름입니다. 어찌 공이라 하시나이까? 신이 바라는 바가 아닙니다."

이에 천자가 웃고 명령을 내려 어필로 쓴 책 두 권과 황금 서진 한 쌍, 그리고 통천칠보관을 주니 승상이 머리를 조아려 은혜에 감사를 표한 뒤 물러났다. 천자가 즉시 장인을 불러 금자 병풍을 만들어 침실에 치고, 그것을 보며 그의 재주를 칭찬하곤 했다.

승상이 집에 돌아와 조정에서 있었던 일을 부인에게 말하고, 낙성을 불러 서진과 책을 주면서 말했다.

"내가 폐하로부터 받은 것을 네게 전하노라."

어사가 매우 기뻐하며 두 손으로 받아 공경을 표하고 물러났다. 승상이 통천관을 직접 써 보자, 그 모습을 본 부인이 웃으며 말했다.

"군자가 상으로 받은 것을 아들과 자신만 갖고, 첩에게는 아무것도 주지 않으시니 어찌 된 일입니까?"

승상이 웃으며 말했다.

"이 물건은 모두 부인에게 당치 않은 것들이오. 그래서 부인에게 주지 않은 것이오. 지금 부인의 명예와 지위는 모두 나로 말미암은 것이지 않소. 이를 흡족하게 여길 것이지 투정을 부리니 당신은 욕심이 참으로 많구려."

이에 부인이 빙그레 웃으며 말했다.

"나에게 당치 않은 것이라면 그대에게도 맞지 않는 것이 아니겠습니까? 끝까지 이리도 시원한 척하시렵니까?"

이 말을 듣자마자 승상의 얼굴에서 웃음이 사라지고 흥이 떨어져 말했다.

"부인은 그런 말을 꺼내지 마시오. 나를 내시라 여기는 이도 있지만, 깊이 의심하지는 않고 있소."

부인은 그저 미소를 지어 보일 뿐이었다.

이 무렵 방 어사의 명성이 높아 병부 상서로서 내외에 진동하고 천자의 총애가 날로 더해 갔다. 승상이 낙성을 경계시키며 말했다.

"네가 불과 열일곱 살의 어린아이로 벼슬이 일품에 올라 육부의 상서가 되었으니 조물주를 두려워해야 한다. 옛말에 이르기를 '그릇이 차면 넘치고 달이 뚜렷하면 줄어든다.'라고 하지 않더냐? 무릇 사람이 어떤 일을 당한 뒤에 후회해 봤자 소용이 없는 법이다. 그러니 너는

- 어필(御筆) 임금이 손수 쓴 글 또는 글씨.
- 서진(書鎭) 책장이나 종이 등이 바람에 날아가지 않도록 눌러 놓는 물건.
- **통천칠보관(通天七寶冠)** 일곱 가지 보석으로 꾸며 만든 관.
- 일품(一品) 가장 높은 벼슬. 보통 벼슬의 품계가 18단계로 되어 있는데, 숫자가 작을수록 높은 벼슬이다.

모름지기 마음을 닦아 검소하고 충성을 다해 우리 선조가 이룩한 아
름다운 가풍을 욕되게 하지 말거라."

　병부가 부친의 명령대로 하겠다고 했다. 그 뒤로 병부는 더욱 몸가
짐을 조심하면서 날로 충성과 효도를 다하기에 힘썼다.

꿈에서 부친을 만나다

하루는 승상이 외헌에 조용히 앉아 있었다. 이때 갈건을 쓰고 학창의를 입고 대나무 지팡이를 짚은 한 사람이 홀연 나타났다. 그는 선인의 풍모를 지니고 고아한 풍채를 지닌 사람이었다. 승상이 순간 놀라 당황하며 황급히 의관을 갖추고는 그를 맞이했다.

"귀한 손님이 누추한 곳에 오셨는데, 제가 미처 예의를 갖추지 못하고 오래 서 계시게 하였으니 부끄럽습니다. 이쪽으로 오르시지요."

이러면서 당 위에 오르기를 청하자, 그 사람이 몸을 굽혀 대답했다.

- **외헌(外軒)** '사랑(舍廊)'의 다른 말로, 집의 안채와 떨어져 있어 바깥주인이 거처하며 손님을 접대하는 곳.
- **갈건(葛巾)** 갈포(葛布)로 만든 두건.
- **학창의(鶴氅衣)** 소매가 넓고 뒤 솔기가 갈라진 흰옷의 끝부분을 검은 천으로 넓게 댄 웃옷.

"소생은 현산의 도사로 보잘것없는 술법으로 관상을 보고 있습니다. 우연히 잠깐 이곳에 이르렀는데 귀인이 이렇게 맞이해 주시니 오히려 제가 감사할 따름입니다."

승상이 기쁜 빛을 띠고 웃으며 말했다.

"도인께서 신기한 재주가 있는 듯하니 제 얼굴을 보아 주십시오."

도사가 잠자코 오래 생각하더니,

"당신의 이마는 달처럼 넓고 눈썹은 팔자로 높고 맑은 게, 일찍 부모를 여읠 상입니다. 그러나 코는 살지고 두 귀와 뺨은 희미한 복숭아 꽃 같으니 출장입상하여 만인의 존경을 받을 것입니다. 또한 두 눈은 가늘고 길며 흐르는 듯한 빛이 흘러 나니 재주가 있어 지극히 귀한 분이 될 것입니다. 입술은 붉은 모래를 찍은 듯 얇으니 언변은 책사 소진과 같을 것이며, 흰 이는 백옥 같으니 나라를 어렵게 할 상입니다.

참으로 아름답기 때문에 도리어 금슬의 즐거움이 그칠 것이고, 이마에 있는 사마귀 한 점과 맑은 피부를 보니 자녀가 없을 상입니다. 그러나 골격이 우아하고 속세의 모습이 보이지 않는 것을 보니 수명은 사십을 넘지 못할 것입니다. 오래지 않아 하늘 궁전에서 조회하게 될 것입니다. 상을 보고 사실대로 말씀드린 것이니, 저의 무례함과 당돌함을 용서하소서."

이렇게 말을 마치자 한바탕 바람이 불어 그 사람이 사라져 버렸고, 다만 부채 하나가 떨어져 있었다. 그것을 주워서 보니 도사의 글이 적혀 있었다.

음양을 바꿔 임금과 온 천하를 속였으니 그 벌이 없지 않을 것이다. 천상의 궁전에서 여색을 좋아해 멋대로 행동한 까닭에 이승에서 금슬의 즐거움을 끊게 한 것인데, 그대는 스스로 그 죄를 아는가? 부귀영화가 극하면 슬픔이 오는 법. 옥황상제께서 옛 신하를 보고자 하시니 그대는 내년 삼월 초사일에 상제를 만나도록 하라.

승상이 비로소 보통 사람이 아니었음을 깨닫고 하늘을 우러러 탄식하며 말했다.

"내가 한 여자로서 남자 행세한 것이 오래되었으니 어찌 천벌이 없으리오? 즐거움이 지나치면 슬픔이 오는 법. 한번 돌아가 상제를 만나고 부모 또한 만나는 것이 소원이지만, 부인이 나 때문에 인륜을 모른 채 청춘을 헛되이 마쳤으니 가련하도다. 촉나라의 유비, 관우, 장비처럼 의형제로 결의하고도 한날에 죽지 않은 것을 우습게 여겼었는데, 이제 내가 죽으면 부인은 누구를 의지하겠소? 가련하고 안타깝도다."

하늘 끝만 바라보며 남아로 태어나지 못한 것을 무척이나 슬퍼했다.

한편 초가을 팔월에 김 소저가 둘째 아들을 낳았다. 그 아이 또한

● 현산(峴山) 중국 호북성 상양에 있는 산 이름.
● 출장입상(出將入相) 나라가 어려울 때 전장에 나가 장군이 되어 싸우고 평화로울 때 재상이 되어 정치를 한다는 뜻으로, 높은 벼슬에 올라 출세하고 부귀영화를 누리는 것을 가리킨다.
● 책사(策士) 왕이나 지도자를 위하여 정책이나 전략을 제시하던 참모.
● 음양(陰陽) 세상 모든 만물이 음과 양으로 되어 있다고 보는데, 남자와 여자도 그중 일부로 파악한다. 이 경우 음은 여자, 양은 남자를 뜻하는데, 음양을 바꿨다는 것은 여자가 남자 행세를 했다는 것을 말한다.

옥같이 아름다워 맏아들 현과 다름이 없었다. 그리고 시간이 흘러 어느덧 다음 해 봄이 되었다. 방 승상이 큰 잔치를 베풀고 3일 동안 조정의 동료들과 일가친척을 초청해 즐겼다. 승상이 다시는 이런 잔치를 보지 못할 것을 슬퍼하여 옥으로 만든 술잔을 잡고 슬픈 노래를 한 곡 불렀다. 그 소리는 맑고 빠르고 낭랑했다. 그러나 듣는 사람들은 슬픈 마음과 근심이 생기는 듯 심란했다. 이에 승상이 안색을 고치고 눈물을 하염없이 흘리니 사람들이 놀라 말했다.

"상공께서는 아직 청춘이십니다. 어찌 불길한 시를 읊으십니까?"

승상이 슬픈 빛을 띠고 대답했다.

"제가 본디 기질이 약하고 질병이 있어 인간 세상에 더 이상 살기는 어려울 것입니다. 아직 청춘이라지만, 더 이상 이처럼 즐길 수 없을 거라 생각하니 자연히 슬퍼져 가사를 지어 본 것입니다."

그러고서 술과 안주를 물리치고 등받이에 기대어 눈물을 흘렸다. 사람들은 불길하게 여겨 위로할 뿐이었다. 아들 낙성이 안색을 온화하게 하고서 부친을 위로했다. 승상은 낙성의 손을 잡고 슬픈 회포를 이기지 못했다. 이날 밤 낙성을 데리고 내당에 들어가 부인과 말을 할 적에도 탄식만 할 뿐 즐거워하지 않았다. 아들과 며느리는 이를 더욱 걱정하였고, 영 부인은 그가 세상에 오래 있지 못할 것을 알고는 길게 탄식했다.

"우리 두 사람이 영화롭게 지낸 지 사십 년이 지났습니다. 즐거움이 다하면 슬픔이 오는 것은 당연합니다. 분명한 건 우리 두 사람이 죽고 사는 것을 함께할 것이라는 사실입니다."

승상이 탄식하며 말했다.

"비록 우리가 지기의 정이 두텁다 하나 부인이 어찌 죽고 사는 것을 따를 수 있단 말이오?"

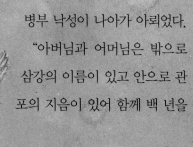

병부 낙성이 나아가 아뢰었다.

"아버님과 어머님은 밖으로 삼강의 이름이 있고 안으로 관포의 지음이 있어 함께 백 년을

기약하실 분들이신
데, 어찌 이렇듯 불길한
말씀만 하십니까?"

자식이 이렇듯 근심하
는 말을 하자, 이 말을
들은 두 사람은 마음
을 부드럽게 하고 서로
를 위로하며 지냈다. 그
러나 방 상서는 그 뒤로 입
맛이 없고 용모가 수척해지더니 얼
마 뒤 자리에서 일어나지도 못하게 됐다. 영 부인과 자식, 며느리는 어
쩔 수 없이 하늘의 뜻을 기다릴 수밖에 없었다.

어느 날 밤, 방 상서가 비몽사몽간에 돌아가신 아버님을 만났다. 상
서의 돌아가신 아버님이 말하기를,

"네가 일개 어린 여자로서 이와 같이 부귀영화를 누리게 되었으니,
이 또한 하늘의 뜻이로다. 그런데 좋은 일이 오래가지는 못할 것이다.
이 병으로 일어나지 못하리니 이를 장차 어찌할꼬?"
하는 것이었다. 승상이 다급히 물으려 하니, 돌아가신 아버님이 이어
말하기를,

삼강(三綱) 유교의 세 가지 기본 강령으로, 부위부강(夫爲婦綱), 부위자강(父爲子綱), 군위신강(君爲臣綱)
을 뜻한다. 이 중 첫 번째가 '남편이 아내의 벼리가 된다.'는 것으로, 부부의 관계를 말한 것이다.

"오래지 않아 만날 것이니 나는 바삐 가노라"

하고는 사라져 버렸다. 이에 곧바로 승상이 꿈에서 깨어났다. 부모를 만나 한 마디 말도 못했는데, 선친이 또 황급히 떠나가 버리니 아쉬움이 클 수밖에 없었다. 부인에게 이 사실을 말하니 부인 역시 간담이 다 녹는 듯했다. 그러나 티를 내지 않고 다만 위로할 뿐이었다.

방관주, 자신이 여자임을 천자에게 밝히다

이 뒤로 승상의 병세가 극히 위중해졌다. 낙성 부부가 천지신명께 살 방도를 달라고 간절히 기도하고, 천자는 어의를 보내 간병케 하고 친히 탕약을 달여 보내며 쾌유를 기원했다. 그러나 승상의 병세는 조금도 나아지지 않았다. 결국 천자가 안타깝고 슬픈 마음에 다시 승상을 보지 못할까 하여 친히 승상의 집을 찾아왔다. 승상이 병든 몸을 움직여 조복을 몸 위에 덮고 천자의 행차를 맞이했다. 천자가 승상을 보니 수척하고 곧 숨이 멈출 것만 같았다. 놀라 얼굴에 슬픈 빛을 띠고 눈물을 흘리며 손을 잡을 뿐 말을 하지 못했다.

● **어의(御醫)** 임금 또는 왕족의 병을 치료하는 의원.

승상이 낙성의 손을 붙잡고 일어나 천자에게 간신히 감사를 표했다. 또한 자신의 정체를 자신이 죽은 뒤에 알게 되면 그것이야말로 천자를 속이는 일이라 여겨 마음의 결심을 하고 병든 몸을 억지로 일으켜 천자에게 아뢰었다.

"신이 오늘 용안을 마지막으로 뵈올 듯해 품은 생각을 말씀드리려 합니다. 성상께서는 죽을죄를 용서하여 주옵소서."

천자가 말했다.

"경에게 무슨 할 말이라도 있는가?"

승상이 귀밑까지 눈물이 흘러내리는 가운데 오열하며 아뢰었다.

"신은 본디 여자입니다. 부모가 일찍 죽어 어린 나이에 부모의 사후를 걱정했습니다. 열두 살에 전하께서 인재를 뽑는다는 소식을 듣고 과거 시험을 치러 등용된 뒤 폐하의 성은을 입어 오늘에까지 이른 것입니다. 그러나 신의 정체를 차마 아뢰지 못하고 또한 영녀와 혼인까지 하게 되었습니다. 영녀 또한 처음에 신이 여자인 것을 알아보았으나, 다른 사람들에게 말하지 않고 지기가 되어 타인의 눈을 속이며 지금까지 지내 왔습니다. 오늘날 죗값을 받게 되어 황천에 가게 되었으니, 삼가 마음에 품은 뜻을 말씀드리는 것입니다.

또한 낙성은 신이 낳은 자식이 아닙니다. 하늘이 주신 아이였기에 신이 양육했을 따름입니다. 그리고 신은 규방의 여자로서 그 법도와

• **용안(龍顔)** 천자 또는 임금의 얼굴.
• **성상(聖上)** 현재 살아 있는 왕을 높여 일컫는 말.

예절을 어겼습니다. 감히 팔뚝의 앵혈을 보여드림으로써 폐하를 속인 죄를 청하나이다."

말을 마치고 소매를 올려 팔뚝의 붉은 점을 내어 보였다. 천자가 이날 뜻밖에 승상의 입에서 충격적인 말을 많이 듣고 무척이나 놀라고 혼란스러웠다. 그러나 이내 오히려 크게 칭찬하며 말했다.

"오늘 경의 일을 들으니 놀랍고 기이하도다. 규방 여자의 지혜가 어찌 이 같을 수 있으리오? 여자로서 지략과 용맹이 대단할 뿐 아니라 신출귀몰하듯 싸움에 능해 싸우면 반드시 승리하는 법을 어찌 알았단 말인가? 짐이 평소 경의 키가 여러 신하보다 작고 수염이 없는 것을 이상하게 여기면서도 그 이유를 미처 깨닫지 못했었는데, 이는 짐이 어리석고 현명하지 못했기 때문이로다. 백 번 뉘우치고 천 번 슬퍼한들 누구를 한하리오? 경은 안심하고 속히 일어나기만을 바라노라. 짐이 결코 경을 저버리지 않으리라. 경의 절개 있는 행동은 앵혈을 보지 않아도 가히 알 수 있도다."

이렇게 말하며 거듭 승상을 위로했다.

천자를 모시던 많은 신하들은 승상이 27년 동안 남장을 하고서 조정을 드나들었고, 태학사 문연각에서 숙직할 적에도 허다한 관리들이 함께 있었지만 그녀의 앵혈을 아무도 본 적이 없었던 것을 알고는 모두들 희한하게 여겼다. 그리고 영씨 부인의 높은 절개와 맑은 덕, 그리고 사람을 알아보는 감식안을 거듭 칭찬하면서 승상을 위해 희생한 것을 높이 치켜세웠다.

승상이 머리를 조아려 죄를 청하며 말했다.

"소신이 폐하를 속인 죄는 죽어도 갚기 어렵습니다. 벌하여 주시옵소서."

"경은 만고의 영웅이요, 절개가 굳은 여자로다. 세상에 경만 한 이가 없을 것인데, 어찌 그것을 죄라 하리오?"

천자가 거듭 이렇게 위로하나, 승상은 대승상 광록후 인을 받들어 올렸다. 그러자 천자가 말했다.

"이렇게 하는 것이 옳지 않도다. 경의 공덕이 크고 또 몸은 비록 여자이나 처신은 매번 남자처럼 하였으니 어찌 벼슬을 거두겠는가? 경이 병에서 나은 뒤 처치할 것이니, 그리 알라. 경이 몸조리를 제대로 못할까 염려되는 바이니, 경은 이제 그만 침소에 들라."

천자는 승상의 재주와 충절을 차마 잊지 못해 감탄하며 눈물을 흘렸다. 승상이 길이 하직하며 말했다.

"소신이 다시 회복하지 못할 것이니 폐하와 오늘 영원히 이별하옵니다. 용안을 더 이상 뵙지 못하고 지하로 가나, 바라건대 성상께서는 길이 편안하소서. 그리고 신 때문에 너무 슬퍼하지 마옵소서."

말을 마치자, 눈물이 비같이 흘러 비단 도포를 적셨다. 천자가 슬피 울며 위로하고 궁궐로 돌아갔다.

승상이 붓과 먹을 달라 하여 명정을 친히 쓴 뒤 향을 넣어 달인 물

• **광록후(光祿候)** 광록대부(光祿大夫). 천자나 임금에게 간언을 하거나 조정의 일에 고문을 하는 관직명.
• **명정(銘旌)** 죽은 사람의 관직과 성씨 등을 적어 놓은 기. 보통 붉은색 바탕에 흰 글씨로 쓰며, 장사 지낼 때 상여 앞에서 들고 갔다가 관 위에 펴서 묻는다.

을 재촉하여 목욕재계하고 새 의복으로 단정히 갈아입었다. 그리고 영 부인과 낙성 부부를 대하여 마지막 이별을 고했다. 승상이 길이 탄식하고 오언시 한 수를 지으며 말했다.

"아, 아름답도다. 오늘날 당신과 함께 마지막 시를 주고받고 싶소."

그 시를 받아 읽은 부인 역시 슬픈 마음을 억누르며 화답시를 지어 올렸다.

방관주와 영혜빙, 한시에 세상을 떠나다

한편 서평후도 이날에야 사위의 정체를 알고는 크게 놀라 넋을 잃었다. 딸의 소매를 올려 보니 팔뚝에 앵두 같은 붉은빛이 없어지지 않고 선명하게 남아 있었다. 이에 탄식하며 말했다.

"승상을 몰라본 것은 다 이 늙은이가 꼼꼼하지 못해서로다. 네 아비의 탓임이 분명하지만, 네 행실도 보통 사람의 생각 밖이로구나. 지금까지 부모를 속이다니 그것이 옳은 일이라 할 수 있겠느냐?"

이에 영 부인이 슬픈 빛을 띠고 대답했다.

"제가 승상을 위해 그렇게 한 것일 뿐 아니라, 부질없이 부모님을 놀라게 하고 싶지 않아서였습니다. 아버님 말씀을 듣고 나니, 제가 죽으려 해도 묻힐 땅이 없을 것 같습니다."

이 말을 들은 서평후는 슬픈 마음에 탄식을 그치지 않았다. 승상이 낙성과 며느리를 오라 하여 경계의 말을 남기고 영원히 이별을 고했다. 아들 부부는 슬픈 마음을 가누지 못했다. 마지막으로 날이 저물도록 영 부인과 이별하는 말이 길어졌으나 그 목소리는 침착하면서도 간절했다.

결국 승상이 기운이 다하여 목숨이 끊어졌다. 그때 승상의 나이 서른아홉 살이었다. 사람들의 곡하는 소리가 하늘에 가득했다.

그런데 승상이 죽자 영 부인이 슬픔을 이기지 못하고 자주 기절을 했다. 그러더니 갑자기 영 부인의 기운이 다하고 호흡이 가빠졌다. 낙성이 옆에서 모친을 구하고자 했지만, 얼마 뒤 영 부인마저 생을 달리하고 말았다. 결국 두 사람이 같은 날, 하늘이 정한 운명대로 하늘로 돌아가 즐거이 지낼 수 있게 되었다.

순식간에 벌어진 이 일을 지켜본 서평후 부부는 간장이 다 녹고 오장이 갈기갈기 찢기는 듯했다. 영공이 딸의 몸을 어루만지며 눈물을 하염없이 흘렸다.

"너의 재주와 용모, 화려한 자태와 큰 덕이 아깝도다."

천자가 승상과 부인이 별세했다는 소식을 듣고 애통해 하면서 나흘 동안 고기 국물을 먹지 않았다. 장례를 치르는 데 필요한 일체 물건은 모두 국가에서 준비토록 했다. 그리고 상복 역시 모두 남자의 옷차림으로 할 것을 명했다. 천자가 승상의 한결같은 충성심과 절개, 옥 같은 용모를 생각할 때마다 보배를 잃은 듯하고, 손발을 베인 것만 같았다. 자나 깨나 한시도 승상을 잊을 수가 없었고, 금자 병풍을 볼 때마다 더더욱 눈물이 옷을 적셨다.

　병부 낙성과 부인 김씨는, 비록 방관주 부부가 친부모는 아니었지만, 은혜로 길러 준 것이 너무 깊고 넓어 두 사람에 대한 두터운 정이 가득했다. 부모의 죽음을 당해 머리를 풀어헤치고 울며 슬퍼하기를 뼈에 사무치듯 했다. 그러면서 상례를 지극정성으로 치렀다.

　장사 지내는 날이 되어 신주를 만들었다. 행렬이 수백여 리까지 이어졌고, 붉은 명정과 흰 만사는 길 가운데에서 슬픈 듯이 흔들거렸다.

집안사람들의 곡소리가 천지를 움직일 듯 곳곳에서 흘러 나왔다. 구름도 슬픈 빛을 띠었고 햇빛은 희미했다. 장례를 치른 뒤 농막을 무덤 옆에 지었다. 그리고 신주는 집으로 모시고 돌아왔다. 방 승상과 영부인은 삶과 죽음을 함께한 지기로서 같은 무덤에 안장됐다.

병부 내외의 가슴속에 죽은 부모의 은혜가 깊이 남아 있었기 때문에 3년간 상례를 치르면서 한 번도 이를 가볍게 행한 적이 없었다.

오히려 너무 슬퍼하여 기운이 쇠할 정도였다. 주위 사람들이 모두 그들의 효성에 감탄했다. 천자가 친히 조문했으며, 1년 만에 제사 지내는 소상과 2년에 지내는 제사인 대상에 연이어 예관을 보내 죽은 신하를 정성껏 제사 지내도록 했다. 이처럼 천자의 은총이 컸기에 저승으로 가는 혼이 크게 감동을 받을 만했다.

만사(輓詞) 죽은 이를 슬퍼하며 지은 글을 비단이나 종이에 적어 기(旗)처럼 만든 것으로, 장례를 거행할 때 들고서 상여 뒤를 따라간다.

낙성과
그의 후손들

낙성이 부모의 삼년상을 마치자, 천자가 병부 낙성을 불러 위로하고
벼슬을 올려 참지정사 태중태부에 임명했다. 낙성이 조정에 나아가 신
하 된 자로서 청렴강직하게 일하는 모습은 결코 죽은 아버지에 뒤지
지 않았다. 김 부인과도 화목하게 지내며 여러 자녀를 두었다. 그 뒤
낙성은 이씨 부인을 둘째 부인으로 삼았다. 이씨 역시 용모가 보통 사
람보다 뛰어났다. 김 부인이 이 부인을 지극히 대하여 두 사람이 동기
같이 지냈다. 아황과 여영 자매처럼 서로 좇아 따르며 화목하게 지내
므로 주위의 칭찬이 자자했다.

　낙성은 집안을 정성껏 법도로 다스렸다. 그래도 김 부인을 더욱 아
끼는 마음이 있었다. 그것은 아무래도 어려서 혼인하여 부모의 상을
함께 지냈기 때문이었다. 그러나 겉으로는 두 부인을 한가지로 대했

다. 김 부인 사이에서 7남 3녀를 두었고, 이 부인에게서 1남 2녀를 두었다. 자녀들이 모두 옥이 나는 보배 나무처럼 귀하게 자라났다. 남자아이는 준수한 외모에 글을 잘 지었고, 여자아이는 달 같은 얼굴에 꽃 같은 자태를 지녔으면서 백희의 높은 절개와 규목의 법도를 행할 줄 알았다. 사위는 모두 특출 나서 당대의 영웅호걸이요, 며느리 역시 요조숙녀였다.

참정 낙성의 벼슬이 점점 높아져 우승상 진양후에 올랐다. 뒤에 위국공이 되어 부귀가 빛났으며 열 명의 아들이 모두 벼슬이 높았다. 그리고 장자인 현 또한 정승 벼슬을 했다. 진양후 부부 세 명이 다 칠십여 세에 세상을 떠났는데, 손자가 오십여 명이요 손녀는 이십여 명이었다. 번성함이 비길 데 없었고, 열 아들이 모두 승상의 위엄을 이어받아 일품 벼슬에 올랐다.

이상은 위국공의 타고난 복과 공적, 방 승상의 기이한 일, 그리고 남을 위해 희생할 줄 알았던 영 부인의 의로운 기질을 탄복하여 승상

* **참지정사(參知政事)** 종2품에 해당하는 벼슬로, 오늘날 장관급에 해당한다.
* **태중태부(太中太夫)** 궁중의 의론을 맡아보고, 천자의 교육을 담당하던 관직명.
* **백희(伯姬)** 중국 춘추시대 때 노(魯)나라 선공(宣公)의 딸로서, 송(宋)나라 공공(恭公)에게 시집을 갔다. 그런데 과부가 된 뒤 궁에 불이 났는데, 보모와 시녀를 대동하지 않으면 밤에 당을 내려설 수 없다는 법도를 들어 보모가 아직 도착하지 않았다는 이유로 당에서 내려가지 않아 결국 불에 타 죽고 말았다.
* **규목(樛木)** 《시경》의 〈소남(召南)〉 '규목(樛木)' 편에 나오는 말로, 부인의 은덕이 아랫사람에게 미치고 질투하는 마음이 없음을 뜻한다.
* **위국공(魏國公)** 위나라 최고의 작위를 뜻한다. 작위는 관직의 명칭이 아닌 명예직이었던 만큼, 실질적인 직책이나 권한은 없었다.
* **진양후(晉陽侯)** 진나라의 버금가는 작위를 뜻한다. 귀족의 작위는 공(公)·후(侯)·백(伯)·자(子)·남(男)으로 구분했다. 이 중 '후'는 제후의 작위로, '공' 다음가는 높은 명예직이다.

의 육촌 친척인 민 한림 부인 방씨가 그 집안의 일을 잘 알았기 때문에 기이한 행적과 중요 이야기만 기록하여 방 승상 등의 이야기가 세상에 전하게 된 것이다. 비록 가까운 친척이라 할지라도 현명공의 몸이 여자인 줄은 미처 몰랐었다. 그러나 임종 때에 천자에게 고하는 말을 듣고서야 비로소 깨달았던 것이다. 사실 전후의 기이한 이야기가 많으나 규중 여자가 보고 들은 것이 일부 말이 모호한 것도 있고 하여 세세한 일은 빼고 대강만 기록한 것이다. 사실 위국공의 행적이 가장 신이하고 기이하여 이것은 후세에 전할 만하다. 그러나 권수가 너무 방대할 것이고, 민 한림 부인의 정신 또한 흐릿하고 어두워 다시 짓지 못하니 이것이 안타까울 따름이다.

한 가지 더, 실은 현명공 제사 1주기 때 위국공 부부가 목 놓아 울다가 기이한 꿈을 꾸었다고 한다. 그것은 승상과 부인이 오색구름을 타고 내려와 자식의 손을 잡고 말하는 꿈이었다.

"우리는 본래 문곡성과 항아성이다. 금슬이 너무 좋아 잠시도 떨어져 있지 않았기 때문에 상제께서 우리가 맡은 일을 성실히 하지 않는

문곡성(文曲星)과 항아성(姮娥星) 문곡성은 북두칠성의 네 번째 별로, 길흉을 점칠 때 글과 재물을 관장하는 별로 인식되었다. 항아는 남편인 '예(羿)'가 서왕모로부터 불사약(不死藥)을 청해 얻은 것을 훔쳐 달로 도주했다가 두꺼비가 되었다는 신화에 나오는 인물이다. 도교에서는 항아를 월신(月神) 또는 태음성군(太陰星君)으로 이해한다.

다고 여기셨다. 이때 태을진인이 상제에게 우리를 모함했다. 이에 상제
께서 문곡성은 방씨 집안에 내치시고 항아성은 영씨 집안에 내치셨던
것이다. 문곡성은 본래 남자였기 때문에 남자의 일을 한 것이다. 그런
데 여자로 태어나게 한 것은 거짓으로 부부가 되어 하늘에서 너무 제
멋대로 놀았던 것을 벌하고자 했기 때문이었다. 지난 일을 생각하면
할수록 우습고도 한심하도다. 이제 함께 모여 옛날처럼 즐겁게 지내니
너희는 서러워 말고 부디 집안의 명예를 빛내고 만수무강하라."

그러고서 사뿐히 하늘로 올라갔다. 위국공이 이를 기이하게 여겼으
나 말을 하지 않다가 뒤에 부인에게 말해 준 것이다. 낮말은 새가 듣
고 밤말은 쥐가 들으니, 여기에 기록해 놓는다.

●　**태을진인**(太乙眞人) 천상에 사는 선관(仙官)들의 우두머리.

깊이 읽기
국내 최초의 동성 결혼 이야기 《방한림전》

◉ 《방한림전》의 세 이본, 《방한림전》, 《낙성전》, 《쌍완기봉》

《방한림전》은 국내 소설사에서 동성 간 결혼을 소재로 한 유일한 여성 영웅 소설이다. 남장한 여성의 이야기는 여성 영웅을 주인공으로 한 소설에서 종종 발견되지만, 동성 결혼 이야기는 다른 작품에서는 찾아보기 어려운 독특한 소재이다. 특히 주인공이 동성 결혼을 원했던 이유가 남편의 구속하에 지내기 싫었기 때문이라는 사실은 현대인에게도 다소 충격적으로 다가온다. 이를 두고 혹자는 《방한림전》이 여성 해방적 시각을 담은 작품이라고 말하기도 한다. 그러나 작품을 꼼꼼히 들여다보면 여성 주인공이 현실적 속박에서 벗어나려는 적극적 지향 의식은 크게 감지되지 않는다. 겉으로는 급진적인 이야기인 것 같으면서 통속적 흥미를 자극하기에 충분하지만, 내면적으로는 오히려 가부장제적 질서를 더욱 공고히 하는 측면이 강하다.

《방한림전》은 흥미로운 소재의 작품이지만, 지금까지 세 편의 이본만이 알려져 있다. 《방한림전》, 《낙성전》, 《쌍완기봉》이 그것이다. 《방한림전》은 방관주를 중심으로 한 이야기인 반면, 《낙성전》은 방관주와 영혜빙의 입양 아들인 낙성을 더 중요한 인물로 보고, 낙성을 중심으로 한 이야기가 펼쳐진다. 그런가 하면 《쌍완기봉》은 방관주와 영혜빙의 기이한 만남 자체에 초점을 둔 이야기이다. 그러나 세 이본 간에는 내용상 차이가 크지 않다. 그렇다고 세 이본 간에 어떤 영향을 주고받았다고 말하기도 어렵다. 중요 서사는 세 이본 모두 공통적인 반면, 세부적으로 지향점이 다르거나 표현상 차이가 보이기 때문이다. 예를 들어 《방한림전》과 《낙성전》에서는 방관주의 영웅적 모습이 부각되어 있는 반면, 《쌍완기봉》에는 방관주 자신이 여자인 것을 애통해 하고 원망하는 모습이 중점적으로 다뤄진다. 아마도 이런 차이는 독자를 고려한 출판 전략에 기인한 것으로 보인다. 즉 《방한림전》과 《낙성전》은 대중 독자가 좋아할 만한 요소를 고려한 영웅 소설로 만들어진 반면, 《쌍완기봉》은 영웅 소설적 요소뿐 아니라 남녀 간 예의 문제와 남성이 되지 못한 여성의 한스러움을 담아내고자 한 가문 소설의 성향을 동시에 갖고 있기 때문으로 보인다.

《방한림전》은 원문 끝부분에 "이찬이 필사하다. 오자와 낙서가 많으니 보는 사람은 알아서 보소서. 경자년(1900) 윤팔월 초육일에 쓰다."라고 적고 있어, 1900년 9월 29일에 필사된 사실을 알 수 있다. 그렇다면 필사 시기는 이미 개화사상이 사회 전반에 퍼지고, 신분제와 남녀 관계가 새롭게 인식되던 때였다고 할 것이다. 근대 사회로 진입하던 시기에 남녀 관계를 재음미하고 그 관계를 역전시켜 생각할 법한 사회적 분위기가 형성된 상황에서 나타난 작품일 가능성이 높다. 그렇기에 《방한림전》 필사 이후 수년이 못되어 신소설 《혈의 누》(1906), 《자유종》(1907) 같은 신여성의 모습을 그린 작품이 등장하게 된 것은 결코 우연한 일이 아니라 하겠다. 본문은 세 이본 중 필사본 《방한림전》 텍스트를 저본으로 삼아 번역을 시도한 것이다.

● 방관주와 영혜빙의 삶의 지향점, 그 의식의 공통점과 차이점

《방한림전》에서 중시하는 것은 남성과 여성의 관계, 곧 남편과 아내의 문제이다. 두 여성 주인공 방관주와 영혜빙은 남성에 대해 일정한 관점을 갖고 있었다. 방관주는 어렸을 적부터 어떤 깊은 뜻이 있어 남장을 한 것이 아니라, 천성이 소탈하고 검소한 여자아이였기 때문이다.

> 하루는 부모가 붉은 비단옷과 색깔 있는 옷을 관주에게 입히려 했다. 그러나 관주는 천성이 소탈하고 검소하여 화려한 옷보다 오히려 삼베옷을 더 좋아했다. 모친은 딸의 소원대로 남자 옷을 지어 입히고, 아직은 나이가 어려 바느질이나 길쌈질 등을 가르칠 필요가 없다고 생각했다. 대신 시 짓는 법과 글 쓰는 법을 가르쳐 보았다. 그랬더니 나이는 어리지만, 글 쓰고 시 짓는 능력이 남달랐다.

이때 부모 역시 방관주가 아직 어리다는 이유를 들어 바느질보다 남자들의 전공인 공부를 은근슬쩍 시켜 본다. 부모도 못내 아들을 원했던 터에 남자의 일을 해 보도록 허락한 것이다. 천성이 소탈한 방관주의 성격에다 부모의 관용적 교육관이 더해져 어린 관주가 정체성을 형성해 나가는 데 적잖은 영향을 받았을 것이다. 실제로 여자 옷 대신 남자 옷을 입히고 친척에게는 아들이라고 속인 부모의 처세까지 고려할 때, 관주의 남장은 관주의 기질에 더해 부모의 남아 선호 심리가 간접적으로 투영된 결과라 하겠다.

다른 여성 영웅 소설, 예를 들어 《이대봉전》, 《정수정전》 등에서 여자 주인공들이 맞닥뜨린 불가항력적인 환경에 의해 어쩔 수 없이 남장을 하게 되었다가 나중에 큰 공을 세우게 된다는 설정과 달리, 《방한림전》에서 방관주는 자발적으로 남장을 했고, 커서도 스스로 판단해 여성으로 살기를 거부했다. 그렇기에 부모가 갑자기 죽고 홀로 남게 되었을 때도 관주는 여자의 행실과 규범에 대해 전혀 뜻이 없었기 때문에 계속 남자 행세를 하며 하인들을 위엄으로 다스렸다. 어떤 면에서는 일찍 부모를 여의였기에, 그만큼 일찍 관주는 스스로 홀로서기를 하고, 자율성을 지닌 존재로 자신의 삶을 개척해 나가는 모습을 보여 준다. 부모의 갑작스런 죽음은 어떤 면에서 관주의 확고한 정체성 확립을 돋보이게 하기 위한 의도적인 장치인 거나 마찬가지다. 그렇기에 친척조차도 오랜 시간이 흐르도록 그가 여자인 줄은 꿈에도 알지 못한 채 지내게 된다.

그런데 방관주가 일가친척부터 천자에 이르기까지 세상 사람들을 감쪽같이 속이면서 가정생활과 사회생활을 별 무리 없이 해 나간다는 것 자체가 대단한 사기극이 아닐 수 없다. 평생 남장한 채로 지내는 것도 그렇고, 남자로서 요구되는 사회적 역할을 남자들보다도 더 뛰어나게 감당하고, 수염이나 목소리 등 생물학적 차이도 큰 의심 없이 넘어선다거나 결혼 생활과 자손 문제까지도 원만히 해결해 나가는 것 자체가 너무나 극적이어서 한편으로 비현실적으로 다가올 정도다. 정체가 탄로 나지 않을까 노심초사하며 읽는 독자라면 더욱 긴장과 흥미를 배가시키기에 충분하다. 단순히 극적인 것만이 아니라, 다소 충격적이기까지 하다. 그러나 반대로 '충분히 그럴 수도 있겠구나, 있을 수 있는 일이야.' 하는 공감을 얻어 낼 수도 있다. 현실에서 충분히 일어날 법한 일이기 때문이다. 이런 점에서 《방한림전》은 현실적이고 사실적이다. 이것이 소설이 지닌 독특한 매력이다.

더욱이 주인공 방관주와 영혜빙의 동성 간 결혼이 이성적인 판단하에 이루어진, 그러면서 일어날 법한 일이라고 생각되는 이유 중에는 역설적이게도 작품 속 유모로 대표되는, 당대의 보편적 윤리 의식과 가치 판단 능력을 지닌 인물의 입을 통해 제기되는 반론이 있기 때문이다. 즉 인륜에 반하는 행동에 대해 제동을 거는 인물이 등장하고 있고, 그의 입을 통해 당대의 윤리 의식과 가치관이 무엇인지 환기시켜 주고 있는 것이다.

> "이제 소저의 나이 아홉 살입니다. 규방의 여자는 열 살이 되면 문밖을 나서지 않는다고 하였습니다. 그러니 이제라도 공자는 다시 생각하셔서 우스운 행동은 그만두시고, 여자로서의 행실을 따르는 것이 좋을 것입니다."
> ……
> "매사에 부인과 낭군은 즐기시기만 합니다. '기둥에 불이 붙어도 제비와 참새는 오히려 즐긴다.'라고 하더니 바로 두 분을 두고 하는 말이 아닌가 싶습니다. 풀과 나무, 온갖 짐승도 모두 음양으로 나뉘어 있는 것이 자연스런 일이거늘 낭군과 부인께서는 인륜을 끊었습니다.
> 이제 스무 살이 되었으니 두 소저의 청춘이 아깝지도 않으십니까? 또한 위로 두 어른의 위패를 모실 일을 근심하지 않을 수 없으니, 뒷날 장차 어찌하려 하십니까? 더욱이 부인께서는 침묵하시고 갈수록 고집을 부리셔서 진실을 부모님께 고하지 않으시고 매번 앵혈을 감추어 스스로 자식이 없는 체하시니 어찌 이상한 일이 아니겠습니까?"

유모는 부모의 역할을 대신하면서 당대 기성세대가 갖고 있던 보수적 사고의 전형을 대변한다. 여자의 도리를 운운하면서 방관주와 영혜빙 모두에게 여성으로 돌아갈 것을 타이르지만, 두 주인공은 확고하다 못해 오히려 짜증을 낸다. 이런 갈등 국면의 설정은 바로 방관주와 영혜빙의 태도가 일시적 감정에 의한 것이 아니라 철저히 의식의 소산임을 잘 보여 준다. 문제는 이런 의식이 지향하는 궁극적 지점이 어디에 있느냐는 것이다. 그 궁극적 지향점은 방관주와 영혜빙이 서로 다르다.

방관주가 여자의 도리를 거부하고 남성성을 지향하는 것은 남성에 대한 콤플렉스 때문이다. 즉 여성으로서 남성에 대한 열등의식을 넘어서기 위한 일종의 자기합리화 또는 대리만족의 욕망 때문이다. 방관주는 당대 여성의 억압적 현실을 분명히 인식하고, 그 불합리한 부분을 바꾸거나 저항하고자 한 여성은 결코 아니다. 어려서는 성격과 기질 때문에 남장을 했던 것이었을 뿐이고, 커서는 그것이 체화된 나머지 자신을 남성과 동일시하려는 생각을 하는 여성일 뿐이다. 그런 행동의 이면에는 현실 인식에 따른, 진지한 또 다른 비판의식이 담겨 있지 않다. 오히려 남성에 대한 일방적이고 무의식적인 지향의식이 강하다. 오히려 어떤 면에서 방관주의 동성 간 혼인은 다분히 정치적이다. 남성의 역할을 지속하려는 욕심 때문에 혼인을 그 한 방편으로 택했기 때문이다. 이처럼 방관주는 남장 여성인 자신의 정체성을 가부장적 남성 되기에 두었기 때문에 성공한 남성 또는 남편의 입장에서 영혜빙을 향해 종종 지아비를 받드는 아내이자 사회 활동을 하지 못하는 여성임을 새삼 환기시키면서 자신에게 감사한 마음을 가질 것을 요구하는 고약한 속내마저 표출하고 있는 것이다.

이처럼 관주가 남장한 이유는 당대 여성이 받던 억압적 세계를 뛰어넘기 위한 순수한 목적 때문이 아니라 당대 남성들이 꿈꾸던 출세욕과 성공적인 삶을 자신도 똑같이 맛보고자 했던 것임을 간과해서는 안 된다. 방관주는 성 정체성보다 남성 중심의 사회적 정체성에 더 큰 관심이 있었던 것이다. 당대 여성 현실과 여성들의 삶에 대해 고민하는 대목은 없고, 오히려 태어나서 죽을 때까지 자신이 남자가 될 수 없음을 한탄하는 내용이 기본 논리로 작동하고 있는 데서 그러한 의미를 읽어 낼 수 있다.

승상이 집에 돌아와 조정에서 있었던 일을 부인에게 말하고, 낙성을 불러 서진과 책을 주면서 말했다.

"내가 폐하로부터 받은 것을 네게 전하노라."

어사가 매우 기뻐하며 두 손으로 받아 공경을 표하고 물러났다. 승상이 통천관을 직접 써 보자, 그 모습을 본 부인이 웃으며 말했다.

"군자가 상으로 받은 것을 아들과 자신만 갖고, 첩에게는 아무것도 주지 않으시니 어찌 된 일입니까?"

승상이 웃으며 말했다.

"이 물건은 모두 부인에게 당치 않은 것들이오. 그래서 부인에게 주지 않은 것이오. 지금 부인의 명예와 지위는 모두 나로 말미암은 것이지 않소. 이를 흡족하게 여길 것이지 투정을 부리니 당신은 욕심이 참으로 많구려."

이에 부인이 빙그레 웃으며 말했다.

"나에게 당치 않은 것이라면 그대에게도 맞지 않는 것이 아니겠습니까? 끝까지 이리도 시원한 척하시렵니까?"

이 말을 듣자마자 승상의 얼굴에서 웃음이 사라지고 흥이 떨어졌다.

몸은 여성이지만 생각은 남성이 되어 버린 방관주의 심리를 여기서 분명히 찾아볼 수 있다.

그런데 영혜빙의 목적의식이나 지향의식은 방관주의 그것과 사뭇 다르다. 영혜빙은 방관주와 결혼하기 전부터 여성이 남성에 비해 차별을 받는 이유를 도저히 납득하지 못했던 여자였다. 그렇기에 평소 여자로 태어난 것 자체가 죄라는 생각까지 갖고 있던 것이다.

그녀는 세상에서 흔히 추구하는 부부의 영예와 치욕을 원수같이 여겼다. 평소 이를 싫어하여 그녀는 이렇게 말하곤 했다.

"여자는 죄인이야. 애당초 어떤 일이든 자기 마음대로 할 수 없고 남의 규제를 받을 수밖에 없는 운명이야. 그러니 남아가 못 된다면 차라리 부부간의 인연을 끊는 것이 옳아."

그러면서 언니들의 생각을 구차하다 여겨 비웃었다.

영혜빙은 아내는 남편에게 반드시 순종해야 한다는 유교적 사고방식 자체를 거부하고 싶었다. 유교 이데올로기에 속박된 남편과 아내의 관계가 너무나 불합리하다는 것을 자각하고 있었던 것이다. 그래서 우연히 남장 여성인 방관주를 만나게 되었을 때, 그녀가 여자라는 이유 때문에 오히려 기뻐하고 좋아한다. 그리고 영혜빙은 용감하기까지 했다. 그녀는 지혜롭게 현실과 타협하면서 자신의 생각을 관철시킬 수 있는 기회를 놓치지 않는 과감성까지 지니고 있었던 것이다. 부부의 인연을 맺으면서 남성이 아닌 여성과 지기로 지낼 수 있는 일석이조의 상황을 자기 것으로 만든 것이다. 결국 두 사람은 서로의 필요에 의해 혼인을 한다.

이것이 다른 여성 영웅 소설과 현저하게 다른 지점이다. 불평등한 관계에 대한 문제 의식을 구체적인 행동으로 연결 짓고 있다는 점에서 그러하다. 일찍부터 영혜빙은 인륜을 끊는 모험도 불사하면서까지 독신으로 살겠다는 의지를 적극 드러낸 터였다. 남성에게 의존적이며 여성을 억압하는 부부 관계를 거부하는 대신, 독립적이면서 여성으로서 자신의 꿈을 실현할 수 있는 방향에서 최선의 선택과 결단력 있는 실천을 보여 주고 있는 것이다. 이런 점을 놓고 본다면, 방관주보다 영혜빙이 훨씬 더 혁신적이고 진보적 사고를 지닌 영특한 여성임이 틀림없다. 자신의 평소 생각을 실천에 옮길 수 있는 기회를 놓치지 않고, 남장한 방관주를 한 번에 제대로 알아보고 그 사태에 유연히 대처함으로써 자신이 지향하던 독신 생활을 연장할 수 있게 된 것이다. 영혜빙이 방관주보다 더 매력적이고 중요한 인물로 다가올 수밖에 없는 이유가 바로 여기에 있다.

이에 비한다면 방관주는 사고나 행동에서 처음부터 끝까지 철저히 남성 지향적이다. 여성의 삶을 비웃고 남성의 삶을 철저히 따르면서 끝내 여성으로서 남성 콤플렉스를 버리지 못한 모습을 보여 준다. 이런 점에서 방관주는 오히려 당대 가부장제 이데올로기를 대변하는 인물에 해당한다. 아내인 영혜빙에게조차 자신의 남편 신분을 강조하면서 그런 대접을 받기를 원했던 인물이다. 그러나 거기까지였다. 방관주는 자신의 약점, 일종의 콤플렉스라고 여기던 것을 망각하지 않았기 때문에 어느 한쪽으로 치우치거나 과장되지 않았다. 오히려 적절히 평행선을 유지함으로써 부부 관계에 있어 일정한 완성도를 보여 줄 수 있었다.

그런데 결과적으로, 이러한 두 여성의 혼인 생활은 제삼자 입장에서 본다면 금슬이 대단히 좋게 보일 수밖에 없었을 것이다. 정작 본인들은 지기 간에 할 수 있는 돈독한 모습을 보인 것뿐임에도 불구하고 말이다. 바둑을 두며 논다거나 서로 농담을 주고받는 것이 바로 여성 간의 유대를 드러내는 구체적 삶의 모습이었던 것이다. 거기에 더해 서사 구조 측면에서 볼 때, 방관주가 낙성을 입양하는 것도 후사 잇기를 통해 자연스레 그 동성 간 혼인과 가정을 지속적으로 유지해 나갈 수 있는 동력이 될 수 있었다. 인물의 개성 있는 내면 심리와 가정 유지라는 외적 형식이 절묘하게 맞아떨어진 서사 전개를 보여 준 독특한 작품임이 틀림없다.

● 《방한림전》의 한계와 특징

영혜빙의 행위는 가히 당대 여성이 처한 현실을 직시하고 이에서 벗어나고자 한 혁명적인 발상과 실천에 해당한다. 여성의 현실을 인식하는 것과 그것을 실천하는 것은 별개인데, 후자의 모습을 한 여성 주인공은 여느 소설에서 찾아보기 어렵다. 이런 점이야말로 《방한림전》이 지닌 미덕이자 소설사적으로 높게 평가받아 마땅한 이유이다. 그러나 작품 말미에 이르면 이러한 두 여성의 혼인이 실은 자신들의 의지가 아닌, 하늘의 뜻에 의한 것이었음이 드러난다.

"우리는 본래 문곡성과 항아성이다. 금슬이 너무 좋아 잠시도 떨어져 있지 않았기 때문에 상제께서 우리가 맡은 일을 성실히 하지 않는다고 여기셨다. 이때

태을진인이 상제에게 우리를 모함했다. 이에 상제계서 문곡성은 방씨 집안에
내치시고 항아성은 영씨 집안에 내치셨던 것이다. 문곡성은 본래 남자였기 때
문에 남자의 일을 한 것이다. 그런데 여자로 태어나게 한 것은 거짓으로 부부
가 되어 하늘에서 너무 제멋대로 놀았던 것을 벌하고자 했기 때문이었다. 지
난 일을 생각하면 할수록 우습고도 한심하도다."

이 부분은 낙성의 꿈에 방관주와 영혜빙이 나타나 두 사람의 정체를 밝히는 대목
이다. 방관주와 영혜빙은 원래 천상계 인물로서 그곳 세상에서 이미 금슬이 좋았기
때문에 내쳐진 것이었고, 방관주는 천상계에서 남자였기 때문에 비록 여자로 태어났
지만 남자의 기질을 지녔던 것이며, 여자로 태어난 것은 벌을 받았기 때문이라는 것이
다. 이를 종합하면 동성 결혼은 이미 정해진 사실이라는 것이다. 즉 필연적 이유가 있
었기 때문이라는 논리를 제시함으로써 당대 독자가 받을 수 있는 충격을 애써 완화시
키고 있다.

달리 말하면 《방한림전》은 결국 당대의 부부 윤리를 부정하면서까지 여성의 역할
과 자기 정체성을 돌아보기 위한 목적에서 쓰인, 시대에 앞선 의식을 보여 준 작품이
아니라, 단지 동성 결혼을 하나의 흥미를 제공하기 위한 소재로 사용하여 만든 작품
이었다는 사실을 깨닫게 해 주기에 충분하다. 두 사람의 결연이 하늘이 정해 준 인연
에 의한 것임을 확인시킴으로써 《방한림전》이 대중의 흥미를 고려한 대중 소설이었음
을 여실히 보여 주고 있다. 원래 천상에서 남자였기에 방관주는 남성적 생각을 할 수
밖에 없었던 것이고, 부부의 인연을 맺었던 것도 천상에서의 인연을 연장한 것이라는
점이다. 그렇다면 앞에서 《방한림전》이 지닌 독특한 의식 세계라고 말한 것들이 실은
한갓 여느 영웅 소설에서 빈번하게 설정된 천상계와 지상계 인물의 연속성 문제와 별
반 다를 것이 없다는 점을 인정하는 것이나 마찬가지다.

이런 시각에서 볼 때, 《방한림전》은 영웅 소설의 서사 구조를 충실히 재현하고 있
음을 확인할 수 있다. 예를 들어 가문의 흥망성쇠에 대한 관심이 기저에 깔려 있다거

나 여성의 호쾌한 활약상과 남장 여성의 소재 등이 대거 반영되어 있는 점이 바로 그러하다. 그러면서 동성 결혼이라는 소재가 지닌 흥미요소를 여성 해방 구현이라는 진지한 주제의식으로 녹여낸 것이 아니라, 오히려 가부장제적 질서를 옹호하거나 온전히 구현하는 역할을 하고 있다는 점에서 영웅 소설의 한 작품으로서 그 한계를 여실히 드러내고 있는 셈이다.

그러나 작품에 대한 최종 평가는 독자의 몫이다. 그 해석과 의미 부여 역시 독자의 소관이다. 《방한림전》의 현재적 가치와 의미는 독자들이 이 작품을 어떻게 읽어 내고, 거기에 어떤 의미를 부여하느냐에 따라 충분히 달라질 수 있기 때문이다. 《방한림전》을 여러 시각에서 읽어 낼 수 있다면, 그 자체가 문제작임을 증명한다. 여러분은 《방한림전》에서 무엇을 발견했는가? 남녀가 공존해야 하는 사회에서 남성으로서 여성으로서 우리는 어떻게 살아가고 있으며, 우리 사회에서 현대판 방관주와 영혜빙은 없는지 생각해 볼 일이다.

방관주와 영혜빙의 소원은 무엇이었을까?

● 방관주는 일찍부터 자신의 정체성에 관심을 갖고 남장 여성으로 살아갑니다. 영혜 빙 역시 주체적인 여성으로 살아가기를 희망합니다. 《방한림전》의 두 여주인공이 이런 생각을 갖게 된 이유가 무엇인지 조선 시대 여성의 삶과 연관 지어 이야기해 봅시다.

● 어린 관주가 여복이 아닌 남장을 택했을 때, 그녀의 부모는 그것을 받아 줍니다. 그리고 심지어 친척에게도 관주를 아들이라고 소개합니다. 그러나 관주는 이런 든 든한 지원자 격인 부모를 여덟 살 때 갑자기 잃고 맙니다. 《방한림전》에서 관주의 부모가 갑자기 죽는 것으로 처리된 이유가 무엇인지 이야기해 봅시다.

● 동성 간 결혼 모티프는 가부장적 결혼 제도에 대한 강력한 경고이자 대안과도 같습니다. 방관주와 영혜빙이 살아가야 하는 사회는 유교적 질서가 공적인 생활과 사적인 생활 전반에 걸쳐 작동하던 사회였습니다. 공적·사적 생활을 하기 위해 혼인을 해야 했던 두 여주인공은 유교 사회에서 금기시하던 동성 결혼을 감행합니다. 어떤 면에서 이 두 여주인공의 동성 결혼은 정치적이라고 말할 수도 있습니다. 이때 두 여주인공이 바랐던 정치적 목적은 조금 다릅니다. 방관주와 영혜빙이 각각 동성 간 결혼을 하고 비밀을 유지하면서 추구하고자 했던 두 사람의 소원이 무엇이었는지 이야기해 봅시다.

● 《방한림전》에는 동성 결혼에서 불가피하게 야기되는 문제를 교묘하게 해결해 나가고 있습니다. 즉 두 여주인공이 부부로서 일가친척과 뭇 지인의 눈을 감쪽같이 속이고, 천자까지 속이며 평생 살기 위해서는 해결해야 문제가 여럿 있습니다. 그것들이 무엇인지 이야기해 보고, 그것을 해결하기 위해 방관주와 영혜빙이 선택한 대처 방안들이 무엇인지 이야기해 봅시다.

● 방관주와 영혜빙은 동성 간 결혼 이외에도 또 다른 비밀을 간직하고 있었습니다. 그것이 작품 마지막 부분에서 낙성의 꿈에 두 사람이 나타나 비밀을 알려 주는 것으로 처리되고 있습니다. 방관주는 본래 남성이었고, 영혜빙과 사랑하는 사이였다는 사실이지요. 그것도 두 사람이 금슬이 너무 좋아서 이를 마땅치 않게 여긴 태을이 방관주를 희롱하고, 방관주가 방자하다는 이유로 여성으로 바꿔 지상으로 유배를 보냈다는 것입니다. 이러한 꿈속 이야기를 통해 알 수 있는 여성의 위치는 어떠한가요? 또한 방관주가 지상에서 여자로 태어났어도 본성이나 인간관계에는 특별한 변화가 없는 것으로 그려집니다. 이것이 의미하는 바가 무엇일까요? 이에 대해 이야기해 봅시다.

● 《방한림전》에서 방관주는 여성 영웅으로 그려집니다. 다른 일반적인 영웅 소설 작품과 비교할 때, 영웅 소설 주인공의 일생 구조와 일치하는 방관주의 일생이 무엇인지 이야기해 봅시다. 그리고 《방한림전》이 다른 여성 영웅 소설과 비교했을 때, 다른 점은 무엇인지에 대해서도 이야기해 봅시다.

참고 문헌

이민희, 《쾌족, 뒷담화의 탄생》, 푸른지식, 2014.

장시광, 《조선시대 동성혼 이야기 방한림전》, 한국학술정보, 2006.

장시광, 《한국 고전소설과 여성인물》, 보고사, 2006.

정병헌·이유경, 《한국의 여성영웅소설》, 태학사, 2012.

차옥덕, 《〈방한림전〉의 여성주의적 시각 연구》, 성신여자대학교, 1999.

국어시간에 고전읽기 **22**

방한림전, 여자와 여자가 만나 부부의 연을 맺으니

1판 1쇄 발행일 2016년 5월 9일
1판 2쇄 발행일 2021년 1월 11일

기획 전국국어교사모임
지은이 이민희
그린이 김호랑

발행인 김학원
발행처 (주)휴머니스트출판그룹
출판등록 제313-2007-000007호(2007년 1월 5일)
주소 (03991) 서울시 마포구 동교로23길 76(연남동)
전화 02-335-4422 **팩스** 02-334-3427
저자·독자 서비스 humanist@humanistbooks.com
홈페이지 www.humanistbooks.com
유튜브 youtube.com/user/humanistma **포스트** post.naver.com/hmcv
페이스북 facebook.com/hmcv2001 **인스타그램** @humanist_insta

편집책임 문성환 **편집** 김사라 **디자인** 김태형 박인규 림어소시에이션
스캔·출력 이희수 com. **용지** 화인페이퍼 **인쇄** 청아디앤피 **제본** 정민문화사

ⓒ 이민희·김호랑, 2016

ISBN 978-89-5862-330-4 44810